KB193617

봄
밤
의

모
든

것

백수린 소설집
봄밤의 모든 것

초판 1쇄 발행 2025년 2월 28일
초판 10쇄 발행 2025년 5월 12일

지은이 백수린
펴낸이 이광호
주간 이근혜
편집 이주이 유하은 김필균 허단 윤소진 최은지
마케팅 이가은 허황 최지애 남미리 맹정현
제작 강병석
펴낸곳 ㈜문학과지성사
등록번호 제1993-000098호
주소 04034 서울 마포구 잔다리로7길 18 (서교동 377-20)
전화 02)338-7224
팩스 02)323-4180(편집) / 02)338-7221(영업)
대표메일 moonji@moonji.com
저작권 문의 copyright@moonji.com
홈페이지 www.moonji.com

ⓒ 백수린, 2025. Printed in Seoul, Korea

ISBN 978-89-320-4350-0 03810

봄밤의 모든 것

백수린 소설집

문학과지성사

차례

아
주

환
한

날
들

"마음을 찬찬히 들여다보세요."

강사가 말했다. 강의실엔 사람이 거의 없었다. 비가 와 결석생이 생긴 탓도 있었지만 원래 수강생이 적은 수업이었다. 강의실엔 그녀까지 여섯 명이 앉아 있을 뿐이었는데, 모두 강사보다 나이가 많았다. 평생교육원에 신설된 수필 쓰기 수업을 같이 듣는 일곱 명의 수강생 중 오십대 주부 한 명—일찍 결혼해 아들들이 벌써 다 장가를 갔다고 했다—을 제외하면 나머지 여섯 명은 모두 그녀처럼 일흔이 넘은 노인이었다. "그것도 전부 다 영감탱이들이야." 얼마 전 그녀의 집에 찾아온 사위에게 수업에 대해 이야기하며 그렇게 말했을 때 사위는 무엇이 웃긴지 "장모님은 늘 재미있으세요" 하며 웃었다. 국문학을 전공했고 소설집 한 권과 산문집 한 권을 출간했다는 강사는 체구가 작았고, 거의 소녀처럼 보였다. "제가 강의를 처음 해보는데, 저를 보고 계신 분들이 대부분 어머니 아버지뻘이시니 긴장이 되네요." 수업이 시작되던 한 달 전, 강사는 수강생이 주로 노인들인데 당혹한 듯 수업 소개를 하다가 몇 번이나 말을 더듬었다.

"오늘도 아무것도 안 쓰셨네요."

짐을 챙겨 맨 마지막으로 강의실을 빠져나가려는데 강사가 그녀에게 말을 건넸다.

"쓸 말이 안 떠올라서요."

딸만큼 어린 강사는 그녀의 대답에 다음엔 꼭 쓸 이야기가 떠오를 거라고 말하고는 웃었다. 과연 그럴까. 그녀는 의심쩍었지만 이러쿵저러쿵 대화를 이어나가기가 귀찮아 굳이 반박하지 않았다.

"뒤풀이는 또 안 가세요? 같이 가면 좋을 텐데."

강사와 같이 강의실을 빠져나오자 건물 입구 쪽에 서 있던 수강생 무리 중 오십대 여자가 그녀에게 다가서며 말을 붙였다. 수강생들은 수업이 끝나면 근처 백반집에서 저녁을 사 먹는 듯했다.

"집에 가봐야 해요."

"혼자 산다고 하셨던 것 같은데 집에 기다리는 사람이라도 있어요?"

여자는 아쉬운 기색으로 그녀에게 물었다.

"그래요."

기다리는 게 사람은 아니지만 굳이 그걸 말할 필요는 없었다.

수필 쓰기 수업을 듣기 시작한 지 한 달이 지났는데 지금까지 단 한 편의 글도 쓰지 않았다는 생각을 하면 그녀는 솔직히 돈이 아까웠다. 강사는 그녀가 자기를 골탕 먹이기 위해 그런다고 생각할지도 모르지만 그건 절대 아니었다. 나처럼 번듯한 어른이 대체 왜? 그런 오해를 살 바엔 강사에게 사실은 글 쓰는 일엔 눈곱만큼의 관심도 갖고 있지 않을 뿐이라고 말해주는 게 나을지도 몰랐다. 수필 쓰기 수업이 수요일 오후 3시에 개설되지만 않았더라면 그녀는 그 수업을 신청하지 않았을 것이다. 여섯 달 전에는 같은 시간대에 건강 수지침 수업이 열려 그녀는 다른 노인들과 함께 수지침과 압진봉의 사용법에 대해서 배웠다. 1년 전에는 여행영어 회화 수업에서 '여기 티켓이 있습니다' 같은 표현들을, 그보다 더 전에는 생활 인터넷 수업에서 필요한 정보를 검색하거나 물건을 사고 승차권 같은 걸 예매하는 법을 배웠다. 그녀가 수요일 3시에 개설된 수업만을 듣는 건, 그렇게 정했기 때문이었다. 남편이 죽고 홀로 지켜오던 과일 가게를 체력이 부쳐 6년 전 아예 접은 이후 그녀는 자신의 일과를 아주 정교하게 짜놨다. 매일 정해진 일정대로 라디오를 들으면서 청소를 했고—월요일 오전엔 화장실, 화요일엔 베란다, 수요일엔 냉장고 이런 식으로—점심을 먹고 나면 또 정해진 일정에 따라 외출을 했다. 동네 슈퍼에서 할인 품목을 문자메시지로 알려주는—팽이버섯 두 봉지 1,000원, 수미감자 한 봉지 2,250원, 돈앞다리 한 근 6,000원—월요일 오후엔 장을 보러 갔고, 화요일엔 상가 안에 위치한 실내수영장에서 아쿠아로빅을 했다. 정해놓은 시간의 외출이 끝나면 곧장 집으로 돌아와 매일 밤 끓여두는 결명자차를 한 잔 마신 뒤 저녁 식사를 준비했다. 설거지를 하고 나면 그다음엔 천변에 나가 1만 보씩 걸었고, 집에 돌아와 매일 밤 연속극을 봤다. 잠자리에 들기 전엔 예능 방송을 봤는데 한국어를 잘하는 외국인들이 나오는 퀴즈 프로그램이나 옛날 가수들이 나와 노래를 부르는 경연 프로그램을 보는 경우가 많았다. 토요일과 일요일 중 하루는 딸과 통화를 하며 짧게 안부를 주고받았다. 전화를 거는 쪽은 주로 그녀였는데, 다섯 번 중 한 번꼴로 딸이 걸어올 때도 있었다.

사람들은 그녀가 혼자 산다는 사실을 알고 나면 종종 안쓰러워했지만 그건 잘못된 생각이었다. 남편이 죽은 이후 그녀는 변기가 막히면 배관공을 부르고, 바퀴가 나오면 슬리퍼로 죽이고, 직접 구입한 실내용 사다리를 타고 올라가 형광등의 전구를 갈아 끼우며 살아왔다. 그녀는 뭐든지 스스로 해결하며 살았는데 그 점에 대해서는 다소간 자부심을 느꼈다. 혼자 집에 있으면 누군가를 뒤치다꺼리하거나 누군가로부터 귀찮은 잔소리를 들을 필요가 없었고, 솔직한 마음을 말했다는 이유로—머리가 어떠냐고요? 돈이 아깝네요. 자르기 전이 더 나았는데—뜻하지 않은 비난을 받을 일도 없었다. 솔직한 건 그녀의 천성이었지만 그것 때문인지 사람들은 종종 그녀를 대하기 어려워했다. 그녀는 사람들과 어울리는 것에 서툴렀는데 그건 어린 시절 그녀가 겪었던 일들 때문일지도 몰랐다. 서른이 다 된 나이에 돌봐야 할 동생이 주렁주렁 달린 남자에게 시집을 가게 되었을 때, 그녀의 오빠와 남동생은 남편에게 큰 빚을 진 사람들처럼 굴곤 했다. 맞선 자리에서 그녀가 남편에게 했던 말—아, 조금 걸으면 안 될까요? 엉덩이에 종기가 나서요—을 듣고는 더욱 그랬다. 그게 그렇게 고마운 일인가? 남편은 선량한 편이었지만, 그에게 필요한 건 밥을 차려 줄 사람이었으며, 무엇보다도 그녀는 그가 자신을 사랑하지 않는다는 걸 알았다.

그녀는 마침내 찾아온 평화에 대체로 만족하고 있었다.

평생 동안 장사를 하며 사람들 사이에서 부대끼며 살아온 그녀에게 혼자 있는 시간은 아늑했고, 그건 평생교육원에서 돌아와 식탁 의자에 앉은 채 오후의 햇살이 거실 마룻바닥 위에 넓게 퍼져 있는 걸 보고 있는 지금도 마찬가지였다. 평온하고 고요한 혼자만의 시간. 햇빛 사이로 지난 몇 달간 그녀가 정성껏 가꾼 나리꽃의 꽃망울이 조금 벌어져 있었다. 반가운 마음에 그녀는 자리에서 일어섰다.

"드디어 꽃이 피었네."

그녀가 소리 내어 말했고, 그러자 날카로운 새 울음소리가 들려왔다. 거실 한구석에 세워둔 새장 속의 앵무새가 내는 소리였다. 배 부분이 노랗고 등과 날개가 연두색인 작은 앵무새.

"아, 시끄러워."

그녀가 한숨을 쉬듯 말했다. 매번 사라져 있길 바랐지만 그건 언제나 그 자리에 있었다.

사흘 전 앵무새를 가져온 건 사위였다.

"오랜만에 장모님이 뵙고 싶어서요."

명절이나 어버이날도 아닌데 누군가가 집에 찾아온 건 정말 너무나도 오랜만의 일이라 그녀는 허둥댔다. 어깨가 좁고 체격이 옹송그린 듯 왜소한 사위는 그녀가 그러거나 말거나 거실에 앉아 직장 생활과 새로 이사한 서울 근교에서의 나날에 대한 이야기를 했다.

"인서랑 애들은?"

"집사람은 아이들 데리고 도예 체험 하러 갔어요."

그녀의 딸과 사위 사이엔 아이가 둘 있는데, 인서는 둘째가 초등학교에 입학한 것에 맞춰 육아휴직 중이었다. 사위는 혼자 온 걸 변명이라도 하듯 학교에서 아이들 숙제로 요구하는 체험 활동이 너무 많다는 이야기를 늘어놓았다. 이야기를 들으면서도 그녀의 정신은 온통 사위가 가져온 새장에 팔려 있었다. 새장 속에는 앵무새 한 마리가 있었는데 그녀가 앵무새를 실제로 본 건 그때가 처음이었다.

"그런데 그건 웬 앵무새인가?"

얼마간의 시간이 흘렀을까, 결국 궁금증을 참지 못하고 그녀가 물었다. 그러자 사위는 다소 곤란하다는 듯 쭈뼛대더니 말했다.

"아, 이거요. 아이들이 크니까 자꾸 동물을 기르고 싶다 해서요."

"그럴 때지. 인서도 어릴 때 학교 앞에서 병아리를 사다가 닭이 될 때까지 기르고 그랬어."

장사를 마치고 집에 들어서면 그녀를 향해 돌진하던 닭들이 떠올랐다. 나무로 된 사과 궤짝 안에서 기르던 닭들. 당시 그녀의 가족은 시장에서 멀지 않은 곳에 위치한 신축 빌라에 살았다. 닭똥 냄새 때문에 민원이 자꾸 들어와 곤란한데 인서가 너무 애지중지해 큰 골칫거리였던 닭들.

"애들은 개나 고양이를 사 달라 하고 집사람은 안 그래도 일이 많은데 개든 고양이든 돌볼 여력은 없다고 단호해서요."

"그래서 앵무새를 산 게로군."

그녀는 이제 사정을 다 이해했다는 뜻으로 고개를 끄덕였다. 개나 고양이를 대신해 아이들에게 금붕어나 햄스터 같은 걸 사주는 건 흔한 일이었다. 앵무새라고 안 될 건 없지. 관심이 없어진 앵무새에게서 눈길을 거두고 화제를 바꾸려는데 사위가 느닷없이 말했다.

"장모님, 사실은 장모님께 이 앵무새를 좀 맡아달라고 부탁하려고 왔어요."

"그게 무슨 소린가?"

사위가 하는 말을 도무지 따라갈 수가 없었다.

"좋아할 줄 알고 앵무새를 기껏 샀는데 애들이 만지다가 쪼이고부터는 무섭다고 기겁을 해서요. 그런데 인서는 키우기로 결정하고 데려왔으니 책임감 없이 버릴 순 없다고 난리고."

사위는 그녀의 눈길을 피해 고개를 숙인 채 말했다.

"버릴 수는 없다지만 이걸 내가 어떻게 맡아?"

"딱 한 달만요. 그때까지 애들이 앵무새랑 살 수 있도록 인서랑 제가 준비를 하기로 했어요. 그림 같은 것도 보여주고, 앵무새 카페 같은 데도 데려가고요. 그러고도 안 되면 그때는 다른 주인을 찾아볼게요. 딱 한 달만 부탁드려요."

사위가 말했다.

"자네 어머니는 어쩌고?"

"저희 어머니는 애들 봐주느라 바쁘시잖아요. 그리고 아무래도 어머니보다는 혼자 사시는 장모님이 더 적적하실 테고요."

그녀는 사실 조금도 적적하지 않았다. 적적하다니, 대체 왜? 결명자차를 마신 컵을 씻으며 그녀는 생각했다. 조금 더 단호하게 거절했어야 했어. 새장 속에서 앵무새는 시도 때도 없이 시끄럽게 울어댔고, 그때마다 그녀는 그렇게 후회했다. 인서가 아니었다면, 결코, 결단코 그녀가 앵무새를 떠맡을 일은 없었다. 하필 그때 어린 인서가 "엄마, 닭들 다 어쨌어?" 하고 울먹이던 얼굴이 떠오르지만 않았더라면. 황토찜질 팩을 허리에 댄 채 침대에 누워 있다가 새장 안의 물그릇과 사료 그릇을 채워주지 않은 게 생각나 허둥지둥 일어나며 그녀는 또 한 번 생각했다. 하지만 학교에 다녀왔더니 닭이 없어졌다며 목 놓아 울다 "난, 엄마가 진짜 싫어"라고 말하던 아이의 얼굴은 떠올라버렸고, 그녀는 얼떨결에 사위에게 "한 달이면 되는 거지?"라고 말하고 있었다.

장마가 늦어지고 있었다. 그녀는 인터넷으로 주문한 옥수수를 쪄서 냉동실에 얼려두었다가 매일 하나씩 데워 먹었고, 무농약으로 키웠다는 메주콩을 사다가 콩국물을 만들어 국수를 말아 먹었다. 초파리들이 수시로 생겨서 꽉 차지 않은 쓰레기봉투를 내다 버리기 위해 집 밖으로 평소보다 더 자주 나가야만 하는 계절이었다. 앵무새가 집에 온 지 일주일이 되어가도록 딸이 전화 한번 하지 않는 게 괘씸해 그주 토요일에는 그녀가 딸에게 전화를 걸었다.

"어떻게 지내니?"

"그냥 그럭저럭 지내죠. 엄마는요?"

"나도 그렇지, 뭐."

몇 살 때부터 딸이 꼬박꼬박 존댓말을 하기 시작했을까?

"애들도 잘 있지?"

"잘 있죠."

딸의 짤막한 답을 듣자 갑자기 섭섭함이 밀려왔고, 그녀는 콱 죽고 싶어졌다. 지난 주말에 딸이 같이 오지 않고 사위만 보낸 것도 틀림없이 엄마가 꼴도 보기 싫어 그랬을 거라는 생각이 들었다. 딸은 그녀에게 뭔가 부탁해야 할 일이 생기면 언제나 사위를 시켰다. 딸이 그녀에게 존댓말을 쓰기 시작한 게 열세 살 때부터였는지 열다섯 살 때부터였는지 그 시점이 정확히 기억나지는 않지만, 그들의 사이가 틀어진 것은 그즈음부터였을지도 몰랐다.

언젠가부터 딸과 전화를 끊고 나면 그녀는 몸 쓰는 일을 찾아야 했다. 오이를 10킬로그램씩 사다가 오이지를 담그거나 베란다 화분들을 싹 다 분갈이했고, 그러지 않으면 찬장의 냄비들을 모조리 꺼내어 베이킹소다로 박박 닦는 식이었다. 마음이 심란해지면 몸을 쓰는 건 장사할 때부터 그녀의 몸에 밴 습관이었다. 매상이 앞집 과일 가게보다 떨어진 날이나 진상 손님을 만나 목청 높여 싸운 날이면 그녀는 락스를 물에 풀어다가 가게의 선반과 소쿠리들을 닦았다. 그럴 때면 남편은 뭘 그렇게 속을 썩이느냐며 혀를 찼다. 그런 모습을 보면 그녀는 더욱 부아가 치밀었다. 남편은 결혼 전부터 트럭을 몰고 다니며 과일을 팔았으면서도 다세대주택 밀집 지역의 재래시장에서는 과일을 정해놓고 찾아오는 손님보다는 채소를 사러 나왔다가 싼 과일이 눈에 띄면 덤처럼 한두 개 집어 가는 손님이 더 많다는 것도 끝내 모르는 사람이었다. 그런 이들을 대상으로는 최상급의 망고나 멜론을 갖다 놓기보다는 10원이라도 더 싼 사과나 포도를 떼어와야 이익이 남는다는 걸 일찌감치 깨달은 사람은 그녀였다. 가게 안쪽의 과일까지 팔기 위해선 계산대를 매장 가장 깊은 곳에 놓아야 한다는 걸 생각해낸 것도. 늘 선비처럼 뒤로 한 발 물러서던 남편 대신, 건물주에게 싫은 소리를 듣고 사람들과 10원, 20원을 흥정하며 그녀가 가게를 키웠다. 다른 사람이 하는 야채 가게 옆에 조그맣게 매대 하나를 빌려 과일을 팔던 데서 시작해 간판을 내건 과일 가게를 차리기까지 꼬박 7년이 걸렸다. 그 가게에서 번 돈으로 그녀는 집을 샀고, 딸아이를 대학에 보냈다. 새벽마다 과일 상자를 옮기느라 허리가 아프고 퇴행성 관절염 때문에 수술받은 무릎이 쑤셨지만 딸이 대학에 붙었을 때는 너무 기뻐 파스를 붙인 채로 가게 안에서 콧노래를 불렀다.

그날 저녁, 그녀는 천변에 나가는 대신 수필을 쓰기 위해 식탁에 앉았다. 계속 아무것도 안 써 가는 게 좀 민망하기도 했지만, 솔직히는 그날따라 주말 천변에 나가기가 싫었기 때문이었다. 주말에는 천변에 가족이나 연인들이 너무 많았다. 그녀가 정해놓은 일정을 어기는 건 6년 만에 거의 처음이었다. 그녀는 노트를 펼친 채 턱을 괴고 앉아 있었고, 앵무새가 부리로 새장을 탁탁 건드리는 소리가 났다. 하지만 식탁에 아무리 앉아 있어도 뭘 써야 할지는 도저히 알 수가 없었다. 수업 시간에 강사는 여러 가지 책을 추천해주었고,

수강생들에게 읽고 느낀 점을 말해보라고 했다. 그녀는 강사가 추천해준 책을 모두 읽었는데 어떤 것들은 도저히 이해가 가지 않았고 어떤 것들은 왜인지 설명할 순 없지만 마음에 들었다. 그다음에 수강생들은 자유 주제로 한 편씩 써 간 수필을 돌아가면서 읽고 의견을 나눴다. 그녀를 뺀 다른 수강생들은 뭔가를 잘도 적어 왔는데, 대부분 어린 시절 눈깔사탕을 훔쳤던 일이나 종로3가 창녀촌을 처음 지나가봤을 때의 경험 같은 것들이었다.

여름 저녁이라 창문을 열어놓아서 옆집 이웃들이 싸우는 소리가 들려왔다. 그러자 거실에 있는 앵무새가 새장 안에서 자지러지듯 소리를 질렀다. 앵무새를 맡게 된 이후 그녀의 신경에 거슬리는 것은 한두 가지가 아니었다. 사위가 놓고 간 사료를 일러준 대로 담아주고 나면 앵무새는 눈 깜짝할 새에 밥그릇을 엎었고 때때로 가슴팍의 깃털을 뽑아놓기도 했다. 그 바람에 새장 주변은 치워도 치워도 곡식이나 깃털로 너저분했다. 그녀가 가장 곤혹스러웠던 건 앵무새가 툭하면 비명을 지른다는 사실이었다. 앵무새가 비명을 지를 때면 그녀는 민원이 들어오지 않을까 조마조마했다. 늦은 시간 TV라도 켜면 새장 안에서 졸고 있던 앵무새는 잠에서 깨어나 그 소리에 질 수 없다는 듯 더욱 악을 썼는데 그러면 넌더리가 났다. 그녀는 리모컨을 찾아 TV 볼륨을 높일 때마다 귀머거리 노인네가 된 것만 같은 기분이 들었다.

또다시 수요일이 되어 그녀는 수필 쓰기 수업에 갔다. 사흘 동안 고민했지만 끝내 아무것도 쓰지 못해서 결국엔 빈손으로 갔다. 강사가 성의 없다고 오해할까 봐 남의 글에 대해 돌아가며 한마디씩 이야기할 때는 그녀도 의견을 냈다. 그러고도 마음이 찝찝해 수업이 끝난 후 모든 수강생이 빠져나가길 기다렸다가 강사에게 "써보려 하긴 했는데 정말 쓸 말이 안 떠올랐어요" 하고 말했다.

"괜찮아요. 너무 초조하게 생각하지 마세요."

다른 수강생들은 벌써 뒤풀이에 갔는지 복도에는 아무도 없었다. 그녀와 강사는 같이 건물을 빠져나와 나란히 횡단보도 앞에 서서 신호가 바뀌기를 기다렸다. 바로 옆에서 본 강사의 얼굴은 그녀의 딸처럼, 더 이상 아주 젊지는 않지만 아직은 삶에 대한 불안으로 여전히 초조해 보이는 얼굴이었다.

"선생님은 엄마랑 사이가 좋아요?"

강사는 그녀의 질문에 어리둥절한 표정이었다.

"평범한 것 같은데요."

평범이라. 마침 신호가 바뀌었고, 각자 길을 건넜다.

앵무새가 이상하다는 걸 눈치챈 건 그 주 금요일이었다.

먹이가 도통 줄지 않고 새장 안이 조용하다 싶었는데, 앵무새가 가슴팍의 깃털을 엉망으로 뽑아놓은 채 꼼짝도 않고 졸기만 했다. 영 이상해 그녀는 다음 날 아침 인터넷에 동네 동물병원 전화번호를 검색해 전화를 걸었다. 앵무새의 상태에 대해 전해 들은 수의사는 앵무새가 아플 때 나타나는 증상과 거의 일치한다고, 하지만 자기네 병원에서는 새를 치료하지 않는다고 말했다.

"아니, 앵무새도 동물인데 왜 안 된다는 거예요?"

하는 수 없이 그녀는 인터넷으로 한참 더 검색한 후 40분이나 떨어진 곳의 동물병원으로 택시를 타고 가야만 했다. 동물병원의 문을 열자마자 개들이 요란하게 짖었다. 20분 정도 대기실에서 기다린 끝에 만난 젊은 의사는 앵무새를 기르는 방식에 대해 이것저것 묻더니 말했다.

"죄송하지만 그렇게 키우시면 안 돼요."

말투는 정중하지만 비난하고 있다는 걸 그녀는 알아챘다.

"앵무새는 관심을 많이 필요로 하는 동물이에요. 하루에 몇 번씩 새장 밖에 꺼내주셔야 해요. 놀아도 주셔야 하고요."

"놀아주라고요?" 그녀가 물었다.

"안 그러면 외로워서 죽어요."

죽는다고? 울음을 터뜨리는 어린 딸의 얼굴이 그녀의 눈에 선했다. 죽더라도 내가 데리고 있는 동안에는 안 되지. 그래서 그녀는 집에 돌아온 후 돋보기를 찾아 끼고 앵무새에 대해 검색하기 시작했다. 앵무새 키우는 법, 앵무새랑은 어떻게 놀까, 앵무새 발톱 관리법 같은 것들을. 생수보다는 수돗물이 미네랄과 무기질을 섭취할 수 있어 좋다거나 간식을 주 2~3회 정도 주는 게 적당하다는 걸 그녀는 그런 식으로 배웠다. 이제 그녀는 하루에 한 번이 아니라 두 번 물과 사료를 갈아주었고 한 시간마다 새장을 열어 새가 거실 바닥을 걸어 다닐 수 있게 해줬다. 20분에 한 번씩 똥을 싸댔으므로 새를 꺼내놓고 나면 휴지를 들고 다니며 새가 지나간 자리를 닦아야 했다. 불행 중 다행인 것은 앵무새가 아직 날지 못한다는 것이었지만 조그만 앵무새는 놀랄 만큼 재빨랐다.

"왜 이렇게 피곤해 보이세요?"

그다음 주 평생교육원에 갔을 때 강사가 그녀에게 걱정스럽게 물었다.

"극성스러운 손주가 생겼거든요."

모든 일은 고역이었다. 일주일 만에 살이 3킬로그램이나 빠졌고, 초저녁만 되어도 잠이 쏟아졌다. 거실 바닥 전체엔 온통 곡식 껍질과 노란 솜털이 나뒹굴어 그녀는 하루에도 몇 번씩 청소기를 돌려야 했고, 여름이라 거실에 깔아둔

24

돗자리며 잠깐 바닥에 내려놓았던 돋보기안경 테와 리모컨 버튼이 부리에 쪼여 너덜너덜해졌다. 그녀는 몇 번이고 사위에게 전화를 걸어 당장 새를 데려가라고 말하는 상상을 했다. 정말로 걸지는 않았다.

그런데 며칠이 더 지나자 믿기 힘든 일이 그녀에게 일어 났다. 그러니까 앵무새가 귀여워 보이기 시작한 것이다. 처음엔 밖으로 꺼내주려고 새장 앞에 다가서면 홰에 앉아 있던 새가 고개를 오른쪽으로 갸웃한다는 걸 알아챘는데 그게 제법 귀엽게 보였다. 가끔은 머리를 들이밀기도 했다. 머리를 쓰다듬어달라는 뜻이라는 걸 눈치채는 데는 시간이 조금 더 걸렸다. 개도 고양이도 아닌 주제에. 하지만 그녀는 손을 뻗어 조그만 정수리를 만져줬다. 그러면 새가 그녀의 손바닥 가장 옴폭한 곳에 머리를 비벼왔고, 그 감촉이 놀랄 만큼 부드러웠다. 그러던 어느 날, 돗자리가 깔린 거실 바닥에 누운 채 책을 보다가 깜박 잠에 들었는데 깨보니 앵무새가 그녀의 배 위에 올라와 있었다.

"어머나, 이게 무슨 일이야?"

새장을 분명히 잠갔는데. 앵무새가 스스로 새장 문을 열고 나온 것일 텐데, 그 사실이 잘 믿기지는 않았다. 큰일 날 뻔했잖아. 자칫하면 깔아뭉갤 수도 있었다고 생각하니 심장이 쿵 하고 내려앉았다. 하지만 새는 그저 배 위에서 기분

좋게 졸고 있을 뿐이었다. 작은 털실 뭉치처럼 고개를 파묻고 몸을 웅크린 채. 완전히 무방비한 상태로. 그녀가 누군가를 해칠 수 있으리라고는 꿈에도 상상하지 않는 것처럼.

"장모님, 죄송한데요. 한 달만 더 부탁드려도 될까요?"

약속한 한 달보다 한 주 더 늦게 사위가 전화를 걸어와—딸이 아니라 또 사위였다!—우물쭈물하며 말했을 때 그녀는 괜찮다고 했다.

"한 달 정도는 더 맡을 수 있어."

그녀는 인터넷으로 새장을 새로 구입했고—사위가 가져온 새장은 조금 커다란 이동장으로 앵무새가 살기엔 너무 비좁다는 걸 많은 블로그와 카페 등을 통해 알게 됐다—해바라기씨와 사과를 간식으로 앵무새에게 주었으며, 앵무새용 공을 사다가 놀아주었다. 목욕을 좋아하는 앵무새를 위해 일주일에 두 번씩 커다란 그릇에 물을 받아주었고, 목욕을 하고 나면 감기에 들지 않도록 드라이어로 꼼꼼히 말려주었다. 사회성을 길러주기 위해 앵무새 카페에 데려가면 좋다는 이야기에 주소를 검색해두었지만, 그곳에서 전염병에 걸려 오는 경우도 많다는 글을 보고는 데려가지 않아 천만다행이라며 안도했다.

녹음이 눈부신 계절이었다. 하늘은 푸르고 구름 한 점 없었다. 낮엔 찌는 듯이 무더웠지만 저녁이 되면 천변은 아직 서늘해서 사람들은 해 질 녘에 산책을 나섰다. 늘 그래왔던 것처럼 그녀 역시 설거지를 마친 후 천변으로 나갔다. 포장된 산책로 한쪽에는 보랏빛 쑥부쟁이가 여기저기 고개를 들이밀고 있었고, 하천을 따라 무성히 난 물풀 사이로 풀벌레 소리가 들렸다. 주민들을 위해 마련된 운동기구와 벤치마다 사람들이 북적였고 활기가 넘쳤다. 연인들, 노부부, 유아차를 밀고 거니는 사람들이 그녀를 스치며 지나갔다. 그녀는 누군가와 통화를 하고 싶어졌지만 딸은 전화를 받지 않았다.

전화를 끊고 걷는데 집에 있을 앵무새가 떠올랐다. 외출했다 들어오면 꺼내달라고 홰 위에서 부산히 왔다 갔다 하며 재촉하는 앵무새. 손가락을 내밀면 앙증맞은 발로 검지와 중지 사이를 계단처럼 걷고, 소파에 앉아 연속극을 보고 있노라면 그녀의 옆에 오겠다며 오르지도 못하는 소파 위를 기어오르려고 안간힘을 쓰는 앵무새. 며칠 후, 그녀는 앵무새를 데리고 산책을 나왔다. 인터넷에서 검색한 바에 따르면 하니스를 채워 산책을 시키는 방법과 새장에 넣은 채 산책을 시키는 방법 두 가지가 있었는데, 앵무새에게 하니스를 채워 본 적이 없었기 때문에 그녀는 휴대하기 좋은 초소형 이동장을 구입하는 쪽을 택했다. 인터넷에서 본 대로 새가 놀라지 않도록 이동장의 삼면을 수건으로 덮고 천변을 걸었다. 유아차를 밀거나 개에 하니스를 채워 걷는 사람들과 나란히 산책하는 기분이 퍽 좋았다. 그렇게 걷다 보면 앵무새는 호기심 어린 눈으로 주위를 둘러봤고 신나서 이따금씩 소리를 질렀다. 그러면 사람들이 뒤를 돌아봤고, 앵무새와 걷는 그녀를 발견한 뒤 신기한 듯 킥킥대며 지나갔다. 앵무새 산책시키는 할망구는 처음 보나 보지?

사람들이 그렇게 자신을 보고 웃을 때면 어릴 적 그녀는 숨고만 싶었다. 스스로가 이 세상과 제대로 조화를 이루지 못하고 떨어져 나온 부스러기처럼 느껴졌으니까. 어렸을 때 그녀는 강진에 있는 할머니 집에서 살았는데, 훗날 그녀의 엄마는 당시 형편이 너무 어려워 애들을 다 데리고 있을 수가 없어서 그랬다고 말했다. 오빠는 장남이니까 보낼 수 없었고, 남동생은 아직 엄마 손을 타야 하는 나이라 데리고 있어야만 했다고. 그녀는 국민학교에 입학할 때까지 그 집에서 백부네 식구들과 살았다. 어릴 적 생각만 하면 그녀는 아이들에게 놀림받던 일이 가장 먼저 떠올랐다. 그녀가 서울말을 쓰고, 무엇보다 얼굴에 움푹 팬 수두 흉터가 가득했기 때문이었다. 백모는 긁지 말랬는데 그녀가 너무 긁어 그렇게 흉이 진 거라고 했다. 수두는 사촌 언니들과 그녀가 동시에 걸렸지만 흉은 그녀에게만 남았다. 옆집 춘식이 삼촌은 그녀가 처음으로 사랑한 남자였다. 아이들이 놀리면 혼내주고 수두 자국이 있어도 예쁘다고 그녀에게 말해준 유일한 사람이었다. 달을 봐봐, 옥미야. 달도 겉이 움푹 패어 있지만 저렇게 빛나고 아름답잖니. 춘식이 삼촌은 여름에 친구들과 무등산에 놀러 갔다가 급류에 휩쓸려 죽었다.

앵무새와 같이 천변을 따라 걷다 보면 이상하게 가마득히 잊고 있던 옛 기억들이 자꾸만 그녀를 찾아왔다. 이튿날 산책할 때는 중학교 시절 친구였던 점선이 생각이 났다. 얼굴이 까맣고 보조개가 귀여웠던 점선이. 말린 낙엽 뒤에 편지를 써서 건네주던 점선이. 점선이는 하숙집 딸이라 그 집에 놀러 가면 언제나 대학생 오빠들이 있었다. 그녀와 점선이를 난생처음 동대문에 생긴 실내 아이스링크에 데려간 것도 그 오빠들이었다. 가슴이 벅차오를 만큼 넓고 웅장했던 아이스링크. 그곳에서는 모두가 추위 따윈 아랑곳 않은 채 얼음 위를 미끄러지고 또 미끄러졌다. 넘어져도 몇 번이고 다시 일어서던 몸들. 땀에 젖은 채 겁 없이 내달리던 젊음. 영원할 것 같던 그 시절도 결국엔 다 사라졌다.

딸 또래의 여자가 열 살 정도 되어 보이는 여자아이의 손을 잡고 조심조심 징검다리를 건너는 모습이 보였다. 인서가 초등학교 5학년인가 6학년이었을 때의 일이 떠올랐다. 잠을 자지 않고 그녀가 집에 돌아오길 기다리던 아이가 그녀의 앞을 가로막더니 물었다.

"엄마, 다음 주 운동회 날에만 가게 쉬고 학교에 와주면
안 돼?"

하지만 그녀는 쉴 수 없었다. 하루도 쉴 수가 없었지. 하루
를 쉬면 과일이 다 물러버리고, 그러면 피아노 학원비를 내
줄 수가 없는데. 딸아이와 균열이 생긴 건 그때였을까? 돌이
켜보면 딸아이의 마음이 멀어질 만한 순간은 많았다. 녹초
가 되어 자고 있는데 딸아이가 깨우면 그녀는 귀찮게 좀 하
지 말라고 소리를 질렀다. 과일 트럭이 다른 차들의 통행을
방해하고 있으니 빼라는 경비원과 핏대를 세워가며 싸우는
걸 본 딸이 그녀더러 창피하다고 말했을 때는 그녀도 너무
창피하고 분해 뺨을 때렸다.

그녀의 아이, 엄마 너무 창피해, 엄마는 왜 그렇게 무식
해, 했던 아이가 아이를 낳았을 때, 그때 그녀는 혹시라도
딸이 잘못될까 봐 얼마나 불안하고 겁이 났던가. 산부인과
로 딸을 보러 갔을 때는 얼굴의 실핏줄이 다 터진 딸이 아빠
가 있었으면 좋아했을 거라며 울어 그녀도 눈물이 찔끔 났
다. 남편은 대장암이었다. 똥이 안 나온다고, 안 나온다고 하
도 그래서 변비약 정도는 알아서 사 먹으라고 남편에게 화
를 냈는데, 알고 보니 내시경이 안 들어갈 정도로 암이 이미
커져 있었다. 남편이 죽고 1년 만에 태어난 손녀딸은 사위

를 꼭 닮았고, 3년 만에 태어난 손자는 딸을 빼닮았다. 아이들은 손을 가누지도 못하더니 금세 손을 들어 그녀를 가리켰고, 눈 깜짝할 새 그녀가 뺨을 갖다 대면 얼굴을 쓰다듬었다. 그녀의 뺨을 사랑스럽게 어루만지던 딸처럼. 그녀는 손주들이 자라나는 걸 가까이에서 보고 싶었지만, 매일 아이들을 돌보고 저녁마다 딸과 밥을 같이 먹는 건 그녀가 아니라 딸의 시어머니였다. 딸은 한 번도, 단 한 번도 그녀에게 아이를 맡아달라 부탁하지 않았다.

그러던 어느 날이었다. 그날따라 하늘이 청명해 그녀는 늘 돌아가던 지점을 지나쳐 조금 더 걸었다. 한참을 걷다 보니 어느새 감파래진 하늘 위로 둥글고 새하얀 보름달이 떠 있었다. 수술을 두 번이나 한 무릎이 아파와 그녀는 벤치를 찾아 앉았다. 그녀 앞을 지날 때마다 크고 작은 개들은 서로를 경계하며 으르렁거리거나, 반갑다는 듯이 서로에게 달려들었다. 사나운 개들이 앵무새를 공격할까 봐 걱정돼 그녀는 엉덩이를 조금 움직여 뒤쪽으로 고쳐 앉았다. 선선한 바람이 맨살을 내놓은 팔뚝 위를 부드럽게 스쳤다. 물 흐르는 소리가 기분 좋게 들려왔다.

"너도 바깥 구경이 하고 싶지?"

그녀는 천천히 이동장의 잠금쇠를 풀었다. 아직 날 줄 모르지만 놀랄 만한 상황이 생기면 본능적으로 날아가버릴 수도 있다고 인터넷에서 읽은 적이 있어 그녀는 그때까지 새를 한 번도 바깥에서 꺼낸 적이 없었다. 앵무새를 목련 송이처럼, 조금만 힘을 주면 망가지는 봄날의 목련 송이처럼, 두 손 가득 조심스럽게 들어 무릎 위에 올려놓자 새가 그녀의 웃옷 속으로 파고들었다. 처음 나와본 세상이 무섭다고 멀리멀리 날아가는 대신, 그녀의 품속으로.

"아이고, 간지럽잖아."

너무 간지러워 웃음이 났다. 한번 터지자 웃음이 계속, 계속 나왔다. 연하늘색 원피스를 똑같이 맞춰 입은 여자아이 둘이 발레를 하듯 빙글빙글 춤을 추며 지나가다가 삐이익— 소리에 앵무새를 발견하고는 "언니, 이거 봐. 앵무새야" 하며 그녀의 곁으로 다가왔다. "한 번만 만져봐도 돼요?" 아이들은 앵무새를 조심스럽게 만지더니 까르르 웃음을 터뜨리고는 가던 길을 다시 갔다. 아주 환한 밤, 자그마한 여자아이가 약간 더 큰 여자아이 뒤를 대롱대롱 매달리듯 따라 걷는 뒷모습을 보는데 이번에는 조금 다른 기억이 그녀의 머릿속에 떠올랐다.

이 역시 그녀가 할머니네에서 살던 시절의 기억이었다. 그 동네는 배수 시설이 좋지 않아 비만 오면 홍수가 나곤 했다. 비가 쏟아지면 할머니와 백모는 허둥지둥 평상에 널어둔 시래기와 무말랭이, 빨래 같은 것들을 걸었다. 이따금씩 대청마루까지 흙탕물이 차면 그녀보다 아홉 살이 많은 사촌 언니가 그녀를 업었다. 그녀가 등에 업힌 채 언니 무서워, 하면 언니는 뜸북뜸북 뜸북새 노래를 불렀다. 마을을 집어삼킬 듯 차오르는 흙탕물이 무섭다가도 언니 등에 업혀 노래를 듣고 있으면 더 이상 무섭지가 않았는데. 어떻게 이런 것들을 까맣게 잊었을까. 그녀는 앵무새를 품은 채, 환한 달이 하천 위로 기다랗고 빛나는 띠를 그려놓은 걸 보며 노래를 흥얼거렸다. 뜸북뜸북 뜸북새 논에서 울고 앵무앵무 앵무새 밭에서 울지. 천변을 따라 우거진 달뿌리풀의 은빛 물결이 바람이 불 때마다 찰랑거렸다. 하천 건너편의 십대 아이들이 물가 쪽으로 맨다리를 내놓은 채 아이스크림을 먹고 있다가 그녀와 앵무새를 발견하고 반갑게 손을 흔들었다. 그러자 앵무새가 화답하듯이 고개를 내밀고 노래를 불렀다. 그녀는 앵무새의 머리를 조심스럽게 쓰다듬으며 속삭였다.

"자, 이제 같이 집으로 돌아가자."

사위에게서 연락이 왔다. 그녀가 진공청소기로 바닥에 떨어져 있는 곡물 껍질을 빨아들인 후 열무국수를 해 먹으려고 냄비에 물을 받고 있던 중이었다. 사위의 목소리는 밝

왔다.

"장모님, 드디어 데리러 갈 수 있어요."

앵무새가 갔다. 그녀는 일상을 되찾았다. 월요일엔 동네 슈퍼에서 채소를 샀고, 수요일엔 평생교육원에 갔다. 저녁을 먹고 설거지를 한 후엔 결명자차를 끓이며 TV를 보았고 다 본 후에는 가스 불을 끄고 잤다. 모든 게 변함없었지만 천변에는 한동안 나가지 못했다. 천변의 모든 풍경이 그녀의 마음을 흔들어놓았다.

무더위가 꺾이고 태풍이 한차례 몰려오더니, 일교차가 커지고 나뭇잎들이 시들어갔다. 딸과 사위는 날 수 있게 된 앵무새의 사진과 동영상을 이따금씩 그녀에게 보내주었지만 그마저도 점점 뜸해졌다. 라디오를 들으며 대청소를 하던 그녀가 서랍장 안쪽에서 수필 쓰기 수업에 들고 다니던 노트와 강의 계획서를 발견한 것은 긴 시간이 흐른 후 어느 겨울의 일이었다. 내다 버릴 것들을 한데 모으다가 그녀는 마지막이란 생각으로 노트를 펼쳐보았다. 갈피에 끼어 있던 아주 작은 연노란빛 솜털 하나가 그녀의 무릎 위로 떨어져 내렸다.

그날 밤 그녀는 평소처럼 TV를 보다가 잠자리에 누웠지만 좀처럼 잠을 이룰 수 없었다. 잠이 오지 않아서 한참을 침대에 누워 뒤척이며 앵무새를 생각했고, 또 조금 더 많이 생각했다. 그러다 새벽 3시쯤 되었을 때 그녀는 자리에서 일어나 서랍장을 열었다. 그리고 미처 버리지 못한 노트를 꺼내어 식탁 앞으로 갔다. 커튼을 치지 않은 거실 유리창 너머로 고요함이 감도는 먹빛이 가득 들어찬 게 보였다. 마른 바람이 가늘어진 나뭇가지들을 흔들고 지나가는 소리만 간간이 들렸다. 그녀는 자리에 앉아 빈 페이지를 펼쳤다. 무언가가 쓰고 싶었지만 무엇을 써야 할지는 알 수 없었다. "마음을 들여다보세요." 강사는 수업 시간에 그렇게 말하곤 했다. 글을 쓰기 위해선 마음을 들여다봐야 한다고. 하지만 마음을 들여다보는 건 너무 무서운 일이지, 너무 무서워.

그녀는 식탁에 앉아 앵무새,라고 써봤다. 앵무새가 갔다,라고 쓰려다 가버렸다,라고 썼다. 앵무새가 가버렸다,라는 문장을 보자 너무 고통스러워 그녀는 눈을 감아야 했다. 눈을 감자 주위가 캄캄해졌다. 어두운 강물 속처럼. 그녀는 길을 찾기 위해 물풀을 헤치는 사람처럼 눈을 감은 채 기억들 사이를 헤쳐 지나갔다. 그리고 마침내는 그 시절로 되돌아갈 수 있었다. 어디선가 갑자기 나타나 빼꼼 그녀를 바라보던 앵무새, 어깨에 올려놓으면 가만히 앉아 그녀와 같이 연속극을 보며 그녀의 목에 보드라운 부리를 비비던 앵무새, 화초에 물을 주기 위해 그녀가 양동이 가득 물을 담아 뒤뚱뒤뚱 걸어가면 그 뒤를 총총총, 발소리를 내며 따라오던 작고 작은 새가 아직 그녀에게 있던 시절로. 사람들은 알까. 잠에 들면 앵무새의 그 조그마한 발이 더 따뜻해진다는 걸. 그녀 옆에서 졸던 앵무새가 잠에서 깨어나 저만치 가버린 뒤, 그녀가 주름진 손을 펼쳐 새가 앉았던 자리를 가만히 만져본 적이 있었다. 마룻바닥은 새가 닿았던 자리만큼의 크기로 따스했다. 그러고 보면 그 시절, 그녀에게는 틀림없이 앵무새가 전부였다. 앵무새에게도 그녀가 전부였고.

어떻게 그런 일이 일어날 수 있었을까? 작지만 분명한 놀라움이 그녀의 늙고 지친 몸 깊은 곳에서부터 서서히 번져나갔다. 수없이 많은 것을 잃어온 그녀에게 그런 일이 또 일어났다니. 사람들은 기어코 사랑에 빠졌다. 상실한 이후의 고통을 조금도 알지 못하는 것처럼. 그리고 그렇게 되고 마는 데 나이를 먹는 일 따위는 아무런 소용이 없었다.

빛
이

다
가
올

때

인주 언니는 나와 여덟 살 차이가 났다. 다시 말해, '언니'라고 부르지만 유년 시절을 함께 통과하거나 학창 시절 경쟁하는 사이는 아니었다는 이야기다. 언니는 큰이모의 첫째 딸이었는데, 큰이모는 육 남매의 맏딸이 가질 법한 위엄과 자존심을 지닌 여자였고, 그래서 막내인 엄마는 큰이모를 대체로 선망하고 가끔 질투했다. 고등학교를 제대로 졸업하지도 못한 엄마와 달리 큰이모는 대학까지 다녔는데, 할아버지 할머니가 아래로 줄줄이 딸린 세 남동생을 공부시켜야 하니 고등학교를 졸업하면 회사에 취직해 경리 일을 하라고 했을 때 큰이모가 자기는 교수가 되고 싶으니 대학에 가야 한다고 말했다는 이야기는 외갓집에서 무용담처럼 전해지곤 했다. 결국 교수가 되지는 못했지만 큰이모는 입주 과외로 등록금을 벌어 국립대에 다녔고, 동생들에게 용돈을 주었으며, 졸업식에서 할머니에게 학사모를 씌워드렸다.

인주 언니는 그런 큰이모를 닮은 것인지 사촌들 중에서 공부를 가장 잘했다. 게다가 언니는 효녀로 일컬어지기까지 했는데, 큰이모가 망막색소변성증이 발병해 시력을 점점 잃기 시작하자 대신 그의 눈이 되어주었기 때문이다. 언니가 중학생 때부터 방과 후 친구들과 놀지도 않고 곧장 귀가해 큰이모와 같이 장을 보러 다니거나, 큰이모가 제대로 마치지 못한 설거지나 청소를 다시 했다는 건 친척들 사이에서 잘 알려진 일이다. 일찍 철들어 반항하는 법 없이 큰이모와 큰이모부가 원하는 대로 늘 따랐다던 언니. 언니는 정말 놀러 나가지 않았을까? 놀러 가고 싶진 않았을까? 어렸을 때 내가 그걸 궁금해하진 않았던 것 같다. 나는 큰이모를 어려워했고 큰이모가 날 무시한다고 생각했는데, 큰이모가 나를 못 본 체하는 것이 아니라 진짜 못 봐서였다는 걸 알게 된 건 내가 꽤 크고 난 이후였다. 큰이모가 진단을 받은 건 언니 나이 여덟 살 때였고, 눈앞에 보이는 풍경 가장자리에 본격적으로 검은 그림자가 생기기 시작한 건 언니가 열두 살 때부터였지만, 시력을 대부분 잃어 확대경의 도움을 받지 않으면 책이나 신문 기사를 아예 읽을 수 없게 되기 전까지 큰이모는 친척들과 있을 때조차 눈이 보이는 연기를 꽤 오래 했다.

아무튼 남다른 가정사 속에서도 언니는 좋은 대학에 입학해 대학원까지 갔다. 그 사실이 친척 어른들의 칭찬으로 말미암아 내가 언니에게 부여하고 있던 후광을 더 짙게 해, 나는 언니를 성인聖人처럼 함부로 범접하지 못할 사람으로 오랫동안 여겼다. 그런 언니와의 거리가 가까워진 건 내가 열다섯 살 때, 엄마의 성화로 언니가 여름방학 한 달 동안 영어 과외를 해주었기 때문이다. 그땐 주변에 대단지 아파트가 막 들어섰고 동네에 다른 세탁소가 생기기 전이어서 엄마 아빠의 세탁소가 유례없는 호황을 맞이하던 시기였다. 언니는 스물세 살이었고, 지금 생각해보면 아직 앳됐을 나이다. 언니는 한국 고전문학을 공부하기 위해 대학원에 진학할 준비를 하고 있었는데, 시력이 더 나빠진 큰이모가 약간의 우울증을 앓고 있었고, 그래서 여전히 학교와 집만 오가던 언니는 평소보다 힘든 시기를 보내고 있었다. 하지만 당시 나는 아무것도 몰랐고, 영어 문제를 풀다가 지겨워지면 언니에게 대학 생활 이야기나 연애담을 들려달라고 졸랐다. 그럴 때면 언니는 무척 난감해했는데, 언니의 삶에 내 관심을 충족시킬 만한 흥미진진한 모험 같은 건 없었기 때문이다.

언니는 내가 나중에 세계 곳곳을 여행하며 글 쓰는 여행 작가나 화가 같은 예술가가 되고 싶다고 말하면 "넌 아마 어려울 거야. 첫째잖아. 첫째는 부모 뜻을 거슬러 살기가 힘들어"라고 말하는 그런 사람이었지만—당시 언니의 그런 유의 말들은 안 그래도 커져가던 세상에 대한 나의 반항심에 기름을 붓곤 했다—그래도 나는 언니가 좋았다. 언니는 그렇게 말하면서도 내게 『반 고흐—태양의 화가』 같은 책을 사다 주는 사람이었고, 나에게 "내가 몸을 흔들어도,/고운 소리 나지 않지만/저 우는 방울은 나처럼/많은 노래 알지는 못해.//방울과, 작은 새와, 그리고 나,/모두 달라서, 모두가 좋아"* 같은 시의 아름다움을 가르쳐준 사람이었다. 게다가 달궈진 불판 위에 올려놓은 듯 마음이 늘 요란하게 달싹이던 당시의 나와 달리 언니는 얼마나 한결같이 차분해 보였던지. 나는 얼어붙은 겨울호수처럼 고요한 언니의 어른스러움을 항상 동경했다.

세기가 바뀌고, 나는 대학생이 되었으며, 언니와는 점점 더 마주칠 일이 없어졌다. 친척들 경조사 때 오가다 마주치

---

* 가네코 미스즈, 「나의 작은 새와 방울과」, 『나의 작은 새와 방울과』, 서승주 옮김, 소화, 2006.

면 안부 인사를 주고받았지만 내밀한 이야기 같은 건 나눌수 없었고, 언니가 비교적 이른 나이에 교수가 되었을 때도따로 만나거나 하지 않고 축하 메시지를 보낸 것이 전부였다. 큰이모는 무척 기뻐했을 테고, 우리 엄마는 조금 부러워했지만 그때 나는 겨우 스물다섯 살이었고, 외환 위기 시기에 고등학교를 다닌 많은 이가 그랬듯 실용적인 직업을 가져야 한다는 생각으로 간호대학에 진학한 후 우여곡절 끝에 중환자실에서 일하고 있던 상황이었다. 하지만 나는 마음만 먹으면 뭐든 다른 존재가 될 수 있을 거란 착각에서 여전히 벗어나지 못하고 있었다. "돈 많이 벌어서 호강시켜줄테니 걱정 마." 내가 그렇게 큰소리를 치면 엄마는 종일 세탁소에서 동네 사람들의 바짓단을 줄이느라 옷에 붙여 온실밥을 떼어내며 말했다. "시끄럽고, 얼른 졸업해서 시집이나 가라."

큰이모는 그로부터 7년 후, 내가 한국 간호사들 간의 위계질서와 과도한 업무량에 숨 막혀 하며 해외 취업을 준비하던 시기에 돌아가셨다. 눈 때문은 아니었고 뇌출혈 때문이었는데, 장례식장에서 큰이모부도 이종사촌 오빠도 봤지만 지금 내게는 유난히 많이 울던 언니의 모습에 가슴이 무척 아팠던 기억만 남아 있다. 하지만 장례식이 끝난 이후엔또다시 일상에 치여 언니와 연락을 더 이상 주고받지 않게 되었고, 몇 달 후 나는 결혼 자금으로 모은 적금을 깨서 모두의 반대를 무릅쓰고 뉴욕의 간호사가 되기 위해 떠났다. 그때 내 나이는 서른세 살이었는데, 한 번 사는 인생을 더 넓은 세상에서 근사하게 살아보지 않는 건 아깝다고 생각하던 당시의 내게 기회의 땅 뉴욕은 그에 가장 걸맞은 도시처럼 느껴졌다.

언니와 재회한 것은 내가 뉴욕에서 에이전시 소속 계약직 간호사 생활을 한 지 반년 정도 되었을 때였다. 언니는 느닷없이 내게 전화를 걸어와 연구년이라 뉴욕의 한 대학 동아시아연구소에 교환교수로 와 있다고 했다. "네가 뉴욕에 있는 줄 알았으면 진작 연락하는 건데, 이제야 알았네." 우리가 맨해튼의 한 카페에서 재회했을 때, 나는 뉴욕 한복판에서 만나는 언니가 너무 낯설었고, 내가 기억하는 모습보다 조금 더 늙어 보인다고 생각했다. 언니는 중단발에 금테 안경을 끼고 있었고, 베이지색 얇은 모직 코트 차림이었다. 그날 언니는 카드를 주며 메뉴를 대신 주문해달라고 말했는데, 점원이 언니의 영어를 알아듣지 못할까 봐 신경을 쓰는 것 같았다. 미국에 도착한 지 한 달이 넘어가지만 회화에 자신이 없어 지금껏 영어로는 거의 말을 하지 않고 있었다고 언니가 내게 고백한 건 대화가 어느 정도 무르익었을 때였다. 그게 어떻게 가능하냐고 물었더니 언니는 한인 부동산을 통해 구한 아파트에 살고 있고, 지금까지는 연구소에 있는 한국 유학생이나 교수들과만 어울리며 순두부찌개나 칼국수 같은 걸 사 먹었다고 했다. 언니는 영어권 나라를 방문해보기는커녕 해외 여행 자체를 거의 해본 적 없는 듯했다. "가족끼리 패키지 여행으로 하이난에 가본 거랑 학회로 연변에 가본 게 다야."

"그럼 안 되지. 그렇게 한국 사람들하고만 어울리려면 뉴욕엔 뭐 하러 왔어?"

내가 그렇게 타박하듯 말하자 언니는 웃으면서 답했다.

"대학 시절부터 친구들이 다들 어딘가로 떠났다 돌아오는 게 부럽더라고. 지금까지 못 해본 것들이 꽤 많으니까, 이제라도 다 해보고 싶었어."

그제야 언니가 해외 경험이 거의 없는 이유가 큰이모를 돌보는 데 전념했기 때문일 거라는 데에 생각이 미쳤다. 큰이모와 같이 여행을 다니기는 힘들었을 것이고, 친구와도 잘 나가 놀지 못했다던 언니로서는 큰이모를 두고 혼자 먼곳을 갈 엄두도 내지 못했을 것이다. 그러자 언니와는 다른 이유에서지만 대학 시절 부모의 돈으로 쉽게 배낭여행을 가거나 어학연수생이 되어 떠나는 친구들을 부러워했던 마음이 떠올랐다. 언니의 심정이 아르바이트한 돈을 모아 호주로 워킹홀리데이를 갔던 내 심정과 비슷하다면 나는 언니를 조금은 이해할 수 있을 것 같았다.

우리는 그날 카페에서 커피를 마시고 허드슨리버파크를 거닐었다. 허드슨강 너머로 유리로 된 고층 건물들이 초봄의 햇살을 받아 번쩍이고 있었다. 언니는 이제야 정말 뉴욕에 온 것 같다고 말했다. 사실을 말하자면 그땐 나도 아직 뉴욕에서 생활한 지 반년밖에 안 된 처지였고, 에이전시 소속이라 시급이 정규 간호사보다 낮은 데다 그나마 번 돈조차 초기 정착 비용으로 모조리 써서 뉴욕을 제대로 누릴 여유가 없었다. 하지만 나는 언니에게 지금껏 언니가 경험하지 못한 것들을 누리게 해주고 싶었다. 언니의 삶에 큰이모가 얼마나 많은 부분을 차지했는지 알고 있었고, 그런 큰이모를 잃은 걸 계기로 용기를 내 떠나왔으리라 생각하자 언니가 조금 안쓰러워져 도와주고 싶었던 것이다.

그렇게 해서 10개월 뒤면 귀국하게 될 언니와의 교류가 시작됐다. 그후 우리는 일주일에 한두 번씩 만나 같이 미술관에 가거나 뮤지컬을 보았고 관광 명소를 찾아다니며 시간을 보냈다. 언니에겐 돈이 있었고, 주 3일밖에 근무를 않던 내겐 시간도 해보고 싶은 것도 아주 많았기 때문에 우리는 서로 좋은 파트너가 되어주었다. 언니는 늘 밥과 커피를 사주었고, 내가 가장 저렴한 마트 브랜드의 치약과 대용량 파스타 면을 사는 걸 알고 난 이후엔 소고기나 연어 같은 걸 사서 들려 보내기도 했다. 언니에게 친구들이 생겼으면 하는 마음에 한번은 동료 간호사들과 바비큐 파티를 할 때 불렀는데 낯을 가리는 언니는 거절했다. 나는 언니에게 영어 회화 수업을 들어보는 게 어떻겠느냐고 제안해보기도 했지만, 언니가 자기보다 훨씬 어리고 he has 대신 he haves라고 말하고 I ate 대신 I eated라고 말하는 아이들 틈에서 배우는데 자존심 상해 한다는 걸 금세 이해했고, 그 후로 더는 강요하지 않았다. 언니와 단둘이 베이글이나 도넛을 사서 유니언스퀘어 근처 공원에 앉아 있거나, 브루클린브리지 밑에서 열리는 벼룩시장을 구경하러 가는 날들이 한동안 이어졌다. 영화에서 본 것처럼 도로에 줄지어 있는 옐로 캡이나 건물 앞에 펄럭이는 성조기, 타임스퀘어의 전광판 따위를 보거나 거리에서 풍겨 오는 낯선 향신료 냄새를 맡으면 업무에 쫓겨 화장실도 제때 가지 못할 때마다 이러려고 미국까지 온 걸까 싶던 자괴감은 온데간데없이 사라지고 가슴이 뛰었다. 그러다 한번은 언니가 담배를 피워보고 싶다고 해서 우리 집에서 같이 피우기도 했다. "나 태어나서 처음 피워보는 거야!" 켁켁거리며 언니는 기뻐했지만 나는 대학교 1학년 때 해보고 진즉 졸업한 그런 일 자체보다는 언니가 즐거워한다는 사실이 더 좋았다. 이제 내가 커서 언니에게 무엇인가를 보여주게 됐다고, 보다 넓고 새로운 세상을 경험하게 해줄 수 있게 됐다고 생각하면 꽤 뿌듯한 기분이 들었다.

언니와 즐겨 가는 식당이나 카페가 생겼고, 루틴이 생겼다. 뉴욕의 웬만한 관광지들을 섭렵한 이후엔 일주일에 한 번 웨스트빌리지의 근사한 카페들을 찾아가 같이 공부하다가 근처 맛집에서 저녁을 먹은 후 헤어지는 일이 쉬는 날의 코스처럼 자리 잡았다.

언니와 그렇게 카페 창가 자리에 앉아 초록빛으로 물든 울창한 가로수와 고즈넉한 벽돌 건물들을 보다 보면 이따금씩 비현실적인 기분을 느낄 때도 있었다. 우리가 마주 앉아 공부를 하고 있다는 사실이 열다섯 여름의 기억을 불러왔기 때문일 것이다. 몇 개월 사이 10센티미터나 커버린 키와 붉은 여드름이 가득 돋은 이마뿐 아니라, 뭐든 될 수 있을 것 같지만 동시에 아무것도 될 수 없을 것 같은 나란 존재 자체를 견디기가 힘들었던 그 시절. 그때 나는 몇 개월 전 우리 반에 왔다 떠난 교육실습생에게 난생처음 사랑에 빠져 있었다. 이따금 편지를 보내거나 음성 사서함에 메시지를 남기는 식으로 속마음을 털어놓던 그를 제외하면 까마득하게 나이 많아 보이던 언니는 당시의 내가 대화를 하고 싶어 하던 유일한 어른이었다. "언니는 왜 교수가 되려고 해?" 어느 날 내가 그렇게 물은 건 늘 그랬듯 영어 문제 풀이를 듣는 것이 지겨워져서였을 것이다. 언니는 연애를 해본 적도, 술에 취해 필름이 끊겨본 적도, 데모를 해본 적도 없었으므로 더 재미있는 화젯거리는 떠오르지 않았다.

"엄마 꿈이 교수였거든."

"그렇다고 언니가 교수가 되어야 하는 건 아니잖아?"

"그럴 순 없어."

언니는 그날 나에게 큰이모가 언니를 임신하는 바람에 당뇨에 걸렸고, 아마 그것 때문에 시력을 잃는 병에 걸리게 되었을지도 모른다고 누군가가 말하는 걸 어렸을 때 우연히 들은 적이 있다고 했다.

"엄마는 나 초등학교만 입학하고 나면 대학원에 가려고 매달 생활비 일부를 적금으로 붓고 있었대. 그날이 오기만을 기다리고 있었는데 나 때문에 일이 그렇게 되어버렸으니 내가 엄마 꿈을 대신 들어줄 수밖에."

그렇게 말할 때 언니의 얼굴은 무척 슬퍼 보였다. 지금 생각해보면 언니는 언니 몫이 되어선 안 되는 죄책감을 끌어안고 있었던 것 같고, 그런 감정을 품고 오랫동안 많은 걸 미리 포기하고 억누르며 살았을 언니를 생각하면 마음이 아프다. 하지만 당시의 어린 나는 그런 것들을 이해하지 못했다. 그때의 나는 언니의 우수에 젖은 듯한 그 분위기가 그저 근사하다고 생각했을 것이다. 마치 비련의 여주인공처

럼. 당시 나는 교육실습생에 대한 사랑의 열병에 도취되어
있었고, 세상의 모든 것에서 비애와 드라마를 발견하고 있
었으니까. 그런 시각으로 보면 대학 근처도 가보지 못해놓
고 좋은 대학에 가야 한다고 나를 들들 볶거나 일기장을 뒤
져 보는 엄마, 술에 취하기만 하면 나와 남동생을 깨워 일장
연설을 늘어놓는 아빠에게 반항하는 나는 운명에 맞서는
영웅이었다.

　지금 나는 그 시절엔 지긋지긋하게만 느껴지던 세탁소에
서의 익숙한 일요일 오후 풍경을 다시 떠올려보고 있다. 열
기로 가득한 한여름의 세탁소. 예배를 마치고 돌아온 엄마
는 색색의 실패가 층층이 쌓인 테이블 앞에 앉아 때가 묻은
야마토 미싱을 돌리고 있고, 아빠는 러닝셔츠 차림으로 땀
을 뻘뻘 흘리며 손잡이에 가제 손수건을 댄 다리미로 셔츠
를 다리고 있다. 선풍기가 돌아가면 벽에 매달아놓은 일력
이 펄럭이고 세탁물을 담아둔 비닐 싸개가 서로 부딪치며
부스럭거리는 소리를 낸다. 나는 실밥과 자투리 천이 바닥
에 가득한 세탁소의 한구석, 옷 더미와 장부, 전화기, 라디
오 따위가 어수선하게 놓인 테이블 위에 한자나 영어 노트
따위를 펴놓고 숙제를 하고 있을 것이다. 회상 속에서 엄마
아빠는 피로한 것 같긴 하지만 조금도 슬퍼 보이진 않는다.
나는? 나 역시 불만으로 가득했지만 불행과는 거리가 멀었

다. 유년 시절 세탁소는 내게 가장 안락한 공간이었다. 엄마의 미싱 소리, 세제 냄새가 밴 습하고 더운 공기, 라디오에서 흘러나오던 디제이들의 유쾌한 목소리. 엄마 아빠가 교회에 가면 언제나 내가—남동생이 아니라 언제나 나였다—손님들의 세탁물을 찾아 건네거나 받아두어야 했던 그 공간. 하지만 언젠가부터 나는 그곳을 매우 비좁다고 느끼기 시작했고, 그곳에 앉아 "五更燈影照殘粧/欲語別離先斷腸/落月半庭推戶出/杏花疎影滿衣裳(오경등영조잔장/욕어별리선단장/낙월반정추호출/행화소영만의상)"* 따위의 엄마 아빠가 해석할 줄 모르는 한시를 내가 읽고 있다는 것, 누군가에게 편지를 쓸 때마다 '잘 지네고 있냐?'라고 쓰는 아빠나 포스트잇에 '시게 약 살 것'이라고 적는 엄마는 내게 설명해줄 수 없는 to 부정사와 동명사의 차이를 내가 배우고 있다는 사실을 아주 예민하게 느끼기 시작했을 것이다. 밖에 소나기가 떨어지거나 눈송이가 날리기 시작하면 나는 세탁소의 유리문 너머를 영화 스크린 보듯 바라보며 조용히 it's starting to rain이라거나 it starts snowing이라고 발음해보곤 했다. 묘한 슬픔이 뒤섞인 우월감을 느끼며. 많은 이들이 그렇게 자기의 부모를 딛고, 새로운 세계를 향해 앞으로 나아

＊ 정포(鄭誧), 「양주객관별정인(梁州客館別情人)」.

갔다.

　그즈음 우리는 개리를 이미 마주쳤을 테지만 아직 그의 이름을 알지는 못했다. 개리는 '룩스Lux'란 이름의 카페에서 직원으로 일하고 있었다. 우리가 그 카페를 즐겨 찾기 시작했을 무렵, 언니는 영어로 말하는 것에 아주 조금이지만 자신감이 붙어 있었고, 간단한 의사소통에 성공하면 즐거워했다. 그러던 어느 날, 언니가 테이블 옆을 지나가던 개리에게 포크를 떨어뜨렸으니 하나 더 줄 수 있느냐고 잔뜩 긴장한 목소리로 물었다. 대단한 문장이 아니었지만 그런 일이 있을 때마다 늘 내게 말해달라고 하던 언니로서는 커다란 발전이라 나는 기뻤다. 언니 역시 개리가 알아들은 것이 좋았는지 그가 "물론이죠"라고 말하자 혀를 조금 내밀며 웃었다. 내 눈엔 그런 언니가 무척 귀여워 보였다. "한국에서 왔나요?" 포크를 가져온 개리가 웃으며 물었다. "고향에 한국계 친구들이 많았어서 한국말은 알아챌 수 있거든요. 알아듣진 못하지만." 개리는 키가 매우 컸고, 부드러워 보이는 연갈색의 머리카락을 지녔으며 연두색 체크무늬 셔츠를 입고 있었다.

　우리는 개리가 가져다준 포크로 초콜릿케이크를 나눠 먹었다. 내 입에는 조금 퍽퍽했지만 접시 위에 얹힌 생크림과 잘 어울렸다. 케이크를 다 먹은 후엔 언니가 노트북을 펴고 논문을 읽기 시작했다. 나는 한국에선 보기 힘든 고도비만 환자들을 돌보다 생긴 요통을 앓고 있었고, 계약이 만료되기 전 정규직 일자리를 슬슬 알아보기 시작해야 한다는 생각에 조금 초조한 상태였다.

그날 우리는 소호 쪽으로 이동해 저녁을 먹었다. 직원용 앞치마를 벗은 개리가 카페 문을 열고 나온 건 우리가 지하철을 타기 위해서 왔던 길을 되짚어 다시 카페 앞을 지날 때였다.

"헤이!"

퇴근하는 길이냐고 묻자 그는 그렇다며 어디로 가느냐고 물었다. 지하철역으로 가는 길이라고 하자 그는 보폭을 맞춰 우리와 같이 걷기 시작했다.

"뉴욕에 온 지는 얼마나 되었어요? 나는 2년이 지났는데 아직도 이런 시간대의 뉴욕은 낯설게 느껴져요."

그는 미국 중서부 출신으로 이제 대학교 3학년이라고 덧붙였다. "그렇지만 나는 뉴욕이 좋아요." 그는 정말 외국인 친구가 많은 편인지, 뉴욕의 다른 사람들과 달리 말을 천천히 해주었고 우리의 서툰 영어에도 인내심을 보였다. 그의 질문에 답을 하는 건 주로 나였는데, 언니가 그저 웃기만 하는 것이 신경 쓰였는지 개리는 아주 천천히 언니에게 "뉴욕을 좋아해요?" 하고 물었다. 언니는 나를 한번 보더니 "네"
하고 답하고는 용기를 낸 듯, "중서부 어디에서 왔나요?" 하
고 물었다.

"일리노이요. 샴페인이라고 들어봤어요?"

우리는 그런 지명은 들어본 적이 없었다.

"샴페인?"

언니가 술 마시는 흉내를 내서 개리와 내가 웃었다. 그러
다 골목 모퉁이를 돌 즈음 개리가 말했다. "아직 저녁 안 먹
었으면 유니언스퀘어 쪽에 있는 시칠리안 피자집에서 먹고
가요. 거기 피자가 끝내줘요." 아쉽게도 우리는 이미 저녁을
먹었다고 말했다. "다음에 꼭 가봐요. 정말 맛있어요!" 지하
철역에서 헤어지기 전 개리가 다시 한번 말했다.

그 후 개리는 천천히 우리의 삶에 들어오게 됐다. 개리는
언니와 내가 룩스에 앉아 있으면 옆 테이블을 치우다가도
다가와 한두 마디 말을 건넸다. 개리가 세 명의 룸메이트와
같이 아파트를 나눠 살고 있고 영문학을 전공한다는 걸 우
리는 그렇게 알게 됐다. 날이 더워졌지만 언니와 내가 시간
을 보내는 방식은 늘 같았다. 여름이 시작되고도, 언니와 같
이 보스턴과 워싱턴에 다녀온 짧은 휴가 기간을 제외하면
우리는 뉴욕에 머물렀다. 근교를 여행할까 생각해보기도 했

지만 언니나 나나 둘 다 국제운전면허증이 없었으므로 계획은 금세 흐지부지됐다. 하지만 뉴욕은 그 자체로 거대한 도시였고, 멀리 가지 않아도 볼 것과 할 것이 넘쳐났으므로 크게 문제가 되진 않았다. 그러다 가을이 됐고, 내가 이직 준비로 바빠져 언니와 함께 어울릴 수 있는 시간이 줄어들었다. 한 달 정도 시간이 흘러 언니를 다시 보게 되었을 때, 언니의 외양이 꽤 달라져 있어서 나는 조금 놀랐다. 언니는 살이 조금 빠진 것 같았고 파마를 했으며 옅게나마 화장을 하고 있었는데, 화장을 한 언니를 보는 건 거의 처음이었다.

뜻밖에도 언니가 옷을 사고 싶다고 해서 같이 쇼핑을 한 뒤, 오랜만에 소호에 들른 김에 웨스트빌리지로 넘어가 카페 룩스에 갔다. 모처럼 개리를 만나면 언니가 반가워할 것 같아 들르자고 한 거였는데, 개리는 없었다.

"2주 동안 고향에 간다고 했어요. 집에 일이 있다는 것 같더라고요."

개리는 어디 갔느냐는 나의 질문에 서빙을 하던 다른 직원이 대답했다.

"아, 어쩐지 요즘 안 보이더라."

언니는 나와 만나지 않았을 때 혼자서 룩스를 찾았던 모양이었다. 언니의 집에서 가깝지 않다는 점을 생각하면 조금 의외였지만 언니는 그곳이 꽤나 마음에 든 듯했고, 나 역시 산미가 풍부한 커피 맛과 서재처럼 조용한 카페의 분위기를 퍽 좋아했다. 그날 모처럼 만나 일찍 헤어지기가 아쉬웠던 우리는 언니 집에 가서 같이 저녁을 해 먹고 술을 한잔하기로 했다. 언니의 집은 원룸인 내 아파트와 달리 아주 자그마하지만 거실이 있었고, 소파도 있어 여차하면 자고 갈 수도 있었다. 우리는 오랜만에 삼겹살을 구워 먹고 한인 마트에서 산 소주를 한 병 마셨다. 언니가 화장을 배우고 싶다고 해서 아이라인 그리는 법을 가르쳐주었고 눈썹 정리도 해주었다. 언니가 병원에 멋있는 남자는 없느냐고 물은 건 혈소판platelet을 한국식으로 발음하는 바람에 동료들이 알아듣지 못해 고생했던 미국 생활 초기의 에피소드를 늘어놓고 있던 중이었다. "없어. 병원 남자들은 다 유부남이거나 애인이 있고, 아니면 게이거든." 언니가 웃었다. 언니는 내게 연애나 결혼 계획은 없는지 궁금해했는데, 내가 옛 애인들을 떠올리며 지금은 없다고 말하자 언니는 조금 우울한 목소리로 "나는 결혼은 해도 그만, 안 해도 그만인데 사랑은 하고 싶어"라고 말했다.

"사랑?"

"응, 사랑. 얼마나 낭만적일까."

언니의 말투가 너무나도 소녀 같아서 나도 모르게 웃음이 났다. 언젠가 언니는 같이 시내를 걷다 키스를 하는 연인을 보고는 "키스하면 심장 터져?" 하고 진지하게 묻기도 했는데, 그래서 나는 언니가 그때까지도 연애를 해본 적이 없다는 걸 알게 됐고, 조금 놀랐다.

"그리고 난 아이가 갖고 싶은데 이젠 정말 생물학적으로 시간이 별로 없잖아. 그래서 좀 초조해."

그제야 나는 언니가 마흔 살이 넘었다는 사실을 떠올렸다.

"언니네 학교엔 괜찮은 교수님 없어?"

그러자 언니가 고개를 절레절레 저었다.

"다 육십대 유부남 할아버지야."

"사랑에 나이가 무슨 상관이야."

"정말 그렇게 생각해?"

나의 농담에 언니가 놀란 듯 눈을 동그랗게 뜨며 물었다.

"음, 그치만 유부남은 좀 그런가?"

언니와 내가 동시에 웃었다.

그해 가을 언니는 조금 이상했다. 내가 이력서와 자기소개서를 준비하느라 바빠져 많이 만날 수 없던 탓이기도 했겠지만 언니는 전에 없이 자주 내게 전화를 걸었다. 어쩌다 만나거나 통화를 하면 평소와 달리 들뜨거나 침울해하는 일이 잦았는데 왜 그런지 나로서는 영문을 알 수 없었다. 술에 취해 울거나 자기 얘기만 늘어놓기도 해서, 혹시 한국에 돌아갈 시간이 다가온다는 사실이 언니를 그렇게 만든 게 아닐까 하고 짐작할 뿐이었다. 언니는 뉴욕에서의 생활에 꽤 만족하는 듯 보였고, 한국에 돌아가 학생들을 가르치고 연구만 하며 여생을 살아야 한다는 데 두려움을 느끼는 것 같았다. 언니는 자신이 선택한 직업이 적성에 맞지 않는다는 생각을 처음으로 하기 시작했다고, 지금껏 진짜 원하는 삶이 무엇인지 한 번도 고민해본 적이 없는 것 같다고 종종 말했다. 교수직을 그만두고 요리사나 플로리스트가 되어보면 어떨까 따위의 얼토당토않은 소리를 하거나 우리가 세상에 태어난 의미가 뭘까 따위의 뜬구름 잡는 소리를 하기도 했는데, 그런 말을 하는 언니의 얼굴은 어쩐지 길을 잃은 어린아이처럼 보였고, 그런 언니는 내게 무척 낯설었다.

아무튼 11월 초, 재회했을 때 우리는 또 룩스에 갔다.

"고향엔 잘 다녀왔어요?"

내가 안부를 묻자 개리가 희미하게 미소를 지으며 "네, 어머니가 편찮으셨는데 이제 좀 괜찮아졌어요" 하고 답했다. 그의 연한 회색 눈은 그날따라 평소보다 유난히 슬퍼 보였다.

"어머니가 파킨슨병이시래."

언니는 그런 이야기를 대체 언제 들은 걸까? 언니의 말에 나는 우리가 만나지 못한 사이 언니가 혼자 카페를 또 찾았단 걸 알게 됐고, 언니와 개리가 대화를 나눌 만큼 가까워졌다는 것도 알게 됐다. 학교에서 업무로 만나는 한국인들이나 나를 제외하면 어울릴 사람이 마땅히 없던 언니에게 비록 언니보다 스무 살이나 어린 아르바이트생이지만 안부를 주고받을 수 있는 사람이 생겼다는 것이 기뻤다. 마침내 언니에게 미국인 지인이 생긴 사실이 흐뭇했던 것이다. 개리는 우리와 대화를 몇 마디 나누고 다시 카운터 쪽으로 걸어갔다. 우리는 개리가 따라 준 뜨거운 커피를 마셨고, 언니는 가방에서 꺼낸 책을 펼쳐 들었다. 나는 노트북을 켜고 면접용 예상 질문들의 답변을 영작해보려 했지만, 나보다 앞서 뉴욕에 정착한 한국인 간호사 중 몇몇으로부터 대학병원에 채용되지 못하고 요양병원에 취직할지도 모른다는 각오를 하라는 충고를 들은 참이었기 때문에 심란해져 아무 일에도 집중할 수가 없었다. 정규직만 되면 근무 조건이 훨씬 좋아질 테니 요양병원이든 어디든 상관없다고 줄곧 생각해왔지만 막상 그 일이 눈앞에 현실로 다가오자 나는 내가 대학병원에서 임상 경험을 이어나가고 싶어 해왔다는 걸 깨닫게 되었다. 하지만 외국인인 내게 선택의 여지가 생길지는 알 수 없었고, 원하는 병원을 고르기는커녕 갑자기 백수가 될지도 모른다는 사실이 나를 불안하게 만들었다. 체인형 세탁소가 생겨 소득이 형편없이 줄어든 부모님에게 생활비를 드리고 있는 남동생은 내가 얼른 가계에 보탬이 되기만을 애타게 기다리고 있었는데, 한국의 가족을 생각할 때면 나 혼자 잘 살아보겠다고 먼 곳까지 와 아등바등하는 게 정말 내가 원했던 삶인가, 울적해졌다.

언니가 예전에 개리가 알려준 피자집에 가보는 게 어떻겠느냐고 물은 건 우리가 커피를 반쯤 마셨을 때였다. "개리도 같이 불러서." 나는 낯선 사람과 어울리는 걸 좋아하지 않는 언니의 성격을 생각하면 뜻밖이라고 생각했다. 하지만 이내 개리의 어머니가 편찮으셨다는 말이 언니의 마음 어딘가를 건드렸으리라는 걸 이해했고, 그래서 언니의 제안에 선선히 동의했다.

그날 저녁 개리가 아르바이트를 마치는 시간까지 기다린 후 우리 셋은 같이 피자를 먹으러 갔다. "느닷없었을 텐데 응해줘서 고마워" 하고 내가 말하자 그는 "일 끝나서 배고프던 참인데 내가 운이 좋지" 하고 특유의 친근한 말투로 말했다. 브랜드 로고가 크게 박힌 후드 티 차림의 개리는 평소보다 더 어린애처럼 보였다. 아늑하지만 협소한 식당은 테이블이 작은 데다 의자 간격마저 좁아 우리는 다닥다닥 붙어 앉아야 했고, 대학생들 사이에서 인기가 있는지 젊은이들이 만들어내는 왁자지껄한 소음으로 시끄러웠다. 개리는 룸메이트와의 갈등이나 아파트 수도에서 녹물이 나온다는 이야기 같은 걸 했는데, 식당 안이 너무 시끄러워 카페에서 몇 마디를 주고받았을 때와 달리 개리의 말을 알아듣기가 힘들었다. 시간이 갈수록 나는 언니가 대화를 잘 따라오고 있나 걱정이 되었다. 취한 것인지, 자리를 제안한 게 언니라는 사실이 무색할 정도로 조용했기 때문에 더 신경이 쓰였다. 나는 언니와 개리만 두고 화장실에 가는 게 꺼려졌고, 더 이상 참을 수 없는 지경에 이르러서야 자리에서 일어났다. 우려와 달리 내가 돌아왔을 때 언니와 개리는 정수리가 닿도록 바짝 붙어 앉아 휴대전화를 들여다보며 대화를 나누고 있었다. 문학을 좋아한다는 공통점이 그들의 대화를 가능하게 한 듯했는데, 언니는 내가 온 줄도 모르고 인터넷 사전을 찾아가며 나는 모르는 러시아의 희곡 작품에 대해서 대화를 이어가고 있었다. "갈매기가 주인공인 연극이야?" 내가 자리에 앉으며 묻자 개리가 먼저 웃었고 언니도 따라 웃었다. 언니는 양 볼이 새빨갛게 달아올라 있었고, 나는 언니가 평소보다 술을 많이 마신 건 아닐까 걱정이 되었다.

이미 말했지만 언니는 무척 내성적인 사람이었고, 나와 어딘가에 놀러 가기로 했다가도 다른 친구들을 불러도 되느냐고 물으면 "그럼 그냥 너네끼리 다녀와"라며 물러서는 성격이었다. 그렇기 때문에, 추수감사절과 크리스마스가 지나고 언니의 귀국일이 다가왔을 무렵, 언니가 개리에게 같이 교외로 드라이브를 가자고 제안하는 것을 들었을 때 나는 뜻밖이라고 생각하지 않을 수 없었다. 개리와는 피자를 같이 먹은 이후 한층 더 편한 사이가 되었지만 카페 바깥에서 만날 약속을 잡은 적은 그때까지 한 번도 없었다. "귀국 전에 마지막 추억을 만들 겸 교외에 나가보고 싶은데 얘나 나나 운전을 못 해서." 그렇게 말한 언니는 "우리 둘하고만 가는 게 재미없을 것 같으면 친구를 불러도 좋아" 하고 덧붙였다.

우리가 개리 일행과 함께 몬토크에 가게 된 것은 1월 마지막 주 일요일이었다. 우리는 아침 일찍 잭슨하이츠에서 만나 렌터카를 타고 몬토크까지 달렸다. 날씨가 이른 봄날처럼 무척 좋았고, 도로에는 차들이 많지 않았다. 우리와 동행한 개리의 친구 겸 룸메이트는 필리핀계 여자아이로, 스파 브랜드의 커다란 핑크색 귀걸이와 베이비핑크색 코트 차림이었는데, 그 탓인지 개리보다도 더 어리게 느껴졌던 기억이 난다. 고급 주택가를 지나면 개리의 친구는 "저걸 봐요!" 하고 소리 질렀다. 그럴 때마다 나는 나이 차이를 실감했고, 언니는 정말 학생들을 인솔하는 느낌을 받고 있겠구나, 생각했던 것 같다. 몬토크의 주요 관광 명소인 등대 근처에 도착했을 때는 한낮이었다. 언니와 내가 둘 다 좋아하던 영화 촬영지라 목적지로 정한 것이었지만 몬토크엔 기대만큼 볼 것이 없었고, 겨울이라 등대 안에 들어가볼 수도 없어 내심 실망해 있었다. 그런 기색을 눈치챘는지 개리는 우리에게 인근에 맛있는 해산물 식당이 있다고 알려줬다. 우리는 랍스터와 굴을 먹었는데, 음식 맛이 매우 좋아서 기분이 한결 나아졌다. 개리가 친구의 얼굴에 묻은 소스를 닦아주며 장난을 쳤고, "둘이 정말 사귀는 사이 아니야?"라고 내가 묻자 개리는 "말도 안 돼" 하며 친구의 머리카락을 헝클어뜨렸다. 예정대로면 그 후엔 집으로 돌아가야 했지만 우리는 갑자기 존스비치에 가기로 했다. 개리가 곧 떠날 언니에게 조금이라도 더 좋은 추억을 만들어주고 싶다며 존스비치에 가지 않겠느냐고 제안했기 때문이다.

하루 종일 눈부시게 밝던 햇살은 점점 희미해지더니 우리가 차로 달리는 사이 어스름이 몰려오기 시작해, 해변에 닿았을 즈음 하늘은 온통 연한 장밋빛으로 물들어 있었다. 아직 봄이 오기 전이라 해변에는 사람이 많지 않았지만, 드문드문 두셋씩 모포 같은 걸 덮은 채 모래밭 위에 앉아 있었다. 갈매기들이 바다 위를 맴돌거나 아주 천천히 우아한 곡선을 그리며 모래밭 위로 날아들었다. 저 멀리, 커다란 개두 마리가 춥지도 않은지 바닷속을 헤엄치는 것이 보였다.

바닷가는 고요했고 사람들은 해 질 녘의 분위기에, 잔양이 너울대는 대서양의 장엄함에 취해 있는 듯 보였다.

"어때? 근사하지 않아? 이 근방에서 난 여기가 가장 아름다운 해변이라고 생각해."

개리가 칭찬을 기다리는 소년처럼 말했다.

"응, 정말 굉장하다."

우리는 사진을 찍었고, 해변을 조금 거닐었다. 나는 조금 감상적인 마음이 되었는데, 더 이상 낮이 아니지만 아직 밤도 아닌 미확정의 시간대가, 육지와 바다의 경계선을 그었다 지우는 파도의 철썩이는 소리가 그렇게 만든 것이 틀림없었다. 머지않아 어둠이 몰려오면 보랏빛이 되었다가 검게 물들 테지만, 아직은 사방이 핑크빛으로 가득했고 그 사이사이 부드러운 오렌지빛이 깃들어 있었다. 그 놀라운 장관, 사람들의 마음을 휘저어놓는 시간과 시간의 경계를 언니와 개리의 친구 그리고 나는 모래밭 위에 앉아 넋을 놓은 채 바라보았고, 개리는 밀려오는 파도 쪽으로 성큼성큼 다가갔다. 갈매기들이 해변으로 날아들었고, 그러면 개리는 양손을 점퍼 주머니에 넣은 채로 가볍게 달려가 갈매기들을 날리기를 반복했다. "또 바보같이 구네." 개리의 친구가 낮게 웃으며 말했다. 개리의 친구,라고 나는 계속 지칭하고 있지만 이제 와 그 여자아이에 대해 떠오르는 것은 많지 않다.

그녀의 이목구비나 실루엣, 목소리의 높낮이와 이름 같은 건 세월 속에 지워졌다. 하지만 나는 그녀의 얼굴에 일렁이던 특별한 빛에 대해서는 기억하고 있는데, 그건 사랑에 빠진 사람의 얼굴에서만 볼 수 있는 빛이었다. 사랑에 빠진 상대가 당신을 황홀한 듯 바라볼 때 당신의 눈동자에 비치는 그 빛. 터무니없는 열망과 불안, 기대가 뒤섞인. 지금까지 내가 그걸 기억하고 있는 건, 그녀 옆에서 개리를 바라보던 언니의 얼굴에서도 그 빛을 보았기 때문이다.

그것은 대체 어디에서 왔을까?

그 순간 나는 갑자기 낯선 세계에 내던져진 듯한 기분을 느꼈다. 언니가 지금까지 나와는 전혀 다른 방식으로 개리를 좋아했으며, 그 감정은 언니를 과거와는 완전히 다른 존재로 만들어주리라는 걸 느닷없이 깨닫게 된 것이다. 그때 나는 분명히 그걸 깨달았지만, 그 겨울 저녁 해변에서 나는 내가 깨달은 것이 어처구니없다고 생각했다. 그 깨달음이 그간 내게 납득 가지 않았던 언니의 태도 중 많은 부분을 설명해줄 수 있었는데도. 그로부터 얼마 후 언니가 내게 너라면 가망 없어 보이는 짝사랑 상대에게 고백을 할 것 같으냐고 물었을 때 더 이상 캐묻지 않고 화제를 금세 돌린 것은 언니를 배려해서가 아니었다. 언니가 귀국 직전 어느 날 내가 모르는 누군가에게 고백을 했는데 잘 안 됐다고 취중에 털어놓았을 때 그 상대가 사실 개리 아니냐고 묻지 않았던 것도. 내가 그랬던 것은 그저 언니가 개리를 사랑하는 게 말도 안 되는 일이라고 굳게 믿어서였을 뿐이다.

마흔이 넘은 언니가 스무 살이 갓 넘은 남자를 사랑한다니.

그건 부도덕한 것까지는 아니더라도 사회 통념을 벗어난 비정상적인 일이었다. 그리고 언니는 결코 그런 이상한 사람이 아니었다.

2월 말이 되어 언니가 귀국했고 나는 대학병원 정규직 간호사가 되어 뉴욕에 남았지만 더는 룩스에 가지 않았다. 미국에서 사는 동안 내겐 몇 번인가 연애와 결별이 찾아왔는데, 옛 애인들과 결국 헤어지고 만 건 누구의 일방적인 탓이라기보단 그들과 내가 서로 욕망하는 게 달랐기 때문일 것이다. 아무리 나이를 먹어도 사람들은 자신이 진정 원하는 바가 무엇인지 제때 알아채지 못한다는 것. 그 사실은 여전히 나를 놀라게 한다.

남동생과 내가 부치는 생활비로 노후를 보내는 부모님은 세탁소를 정리하진 않았다. 얼마 전엔 아빠가 게실염으로 수술을 했는데, 그런 일이 있을 때마다 다른 대륙에서 낯선 환자들을 간호하는 내 삶이 얄궂게 느껴진다. 부모님은 아무리 초대해도 미국에 오지 않지만 남동생 가족은 한 번 놀러 왔고, 조카들은 디즈니랜드를 가장 좋아했다. 언니는 지금도 대학교에서 학생들을 가르치고 있고, 이따금씩 연락을 하게 되면 학생들이 교수들에게도 온정을 베풀 필요가 있다는 걸 모른다며 툴툴댄다. 더 이상 요리사나 플로리스트가 되겠다는 말을 하지 않는 걸 보면, 언니는 긴 혼란의 시간 끝에 자신의 삶을 다시 받아들인 듯하다. 하지만 이제 언니는 예전과 달리 취미 활동을 즐기고 있고, 종종 나에게 직접 만든 나무 도마나 도자기 머그 컵 같은 것을 소포로 보내 준다. 나는 얼마 전부터 동부의 겨울을 피해 LA로 이주해 살며, 1년에 한 번씩은 한국을 방문한다. 한국에 들어가 언니를 만나면 우리는 어김없이 뉴욕 시절을 추억하지만 내가 먼저 개리 이야기를 잘 꺼내지는 않는데, 어쩌면 그런 나의 태도가 내가 부정하려 했지만 사실 마음 깊은 곳에선 알고 있던 어떤 진실을 증명하는 것인지도 모른다고 나는 오랫동안 생각해왔다.

중환자실에서 많은 이가 삶과 죽음 사이를 오가는 걸 목격하는 사이 시간이 무심히 흘러 어느덧 나는 그 시절의 언니 나이가 되었다. 언니의 나이가 되어, 처음 정규직으로 일했던 병원에서 친하게 지낸 동료 간호사의 출산을 축하해주기 위해 다시 뉴욕에 와 있다니. 살아가는 세월이 쌓일수록, 우리를 뜻하지 않은 시간대에 뜻하지 않은 장소로 데려다 놓는 인생이 신기하게 느껴진다.

오랜만에 재회한 뉴욕은 어딘지 쇠락한 듯 보이고, 살찐 쥐가 죽어 있거나 마약에 절어 중얼거리는 노숙인이 노상 방뇨를 하는 도심의 오래된 골목들을 걷다 보면 이곳에서 언니와 보냈던 시간들은 가마득하게 느껴진다.

아직 뉴욕이 내게 광채를 잃은 도시가 되기 전, 언니가 큰이모와 산책하던 날들에 대한 이야기를 들려준 적이 있다. 뉴욕에 눈이 몹시 많이 오고 난 이후의 어느 날이었고, 우리는 눈 덮인 센트럴파크를 걸어보기 위해 만났다. 진흙투성이의 잔디밭엔 흰빛이 가득했고, 눈이 쌓인 채 넓게 얼어붙은 빙판은 겨울 햇살에 황금색으로 빛났다. 5번가의 높다란 빌딩들에 둘러싸인 아이스링크에는 스케이트를 타는 사람들이 가득했고, 청록색 침엽수들이 울타리를 이루는 눈길 위엔 커다란 눈사람이 서 있었다. 언니가 그 말을 한 건 우리가 쉽 미도우를 지나 베데스다분수 즈음 이르렀을 때였다. "엄마가 살아 있을 때 우리는 언제나 하루에 한 번씩 해 질 녘 무렵 산책을 나섰어." 언니가 큰이모 이야기를 꺼내는 건 재회한 이후 처음 있는 일이었고, 그래서 나는 더 집중해 귀를 기울였다. 언니는 앞이 안 보이는 큰이모가 언니의 팔

꿈치를 붙잡은 채로 둘이 동네 공원을 천천히 걸었다고 말했다. "엄마와 그렇게 꼭 달라붙은 채 매일같이 시간을 보낼 수 있던 건 다른 사람들은 누리지 못할 축복이었어." 그리고 언니는 또 이렇게도 말했다. 걸으면서 언니는 큰이모를 위해 보이는 풍경을 묘사해주곤 했다고. "엄마와 여길 같이 걸었다면, 나는 이 아름다움을 묘사하기 위해 애를 썼겠지. 사방이 믿을 수 없을 만큼 환하고, 온통 부드러운 흰빛이라고. 눈 위로 떨어져 내리는 햇살은 아주 연한 노란색이라고." 그렇게 묘사를 하고 나면 큰이모는 "이젠 내 차례야" 하고 말하곤 했다고 했다. 그리고 큰이모는 시각을 잃은 후 얻게 된 예민한 다른 감각들을 활용해 큰이모가 느끼는 풍경을 언니에게 묘사해주었다. 바람이 어제보다 부드럽고 가볍구나. 눈 때문인지 사방에서 지난여름 우리가 쪼개 먹었던 수박 향이 나는구나. 까치 소리가 평소보다 가깝게 들리는구나. "엄마가 묘사해주던 그 세계 역시 정말로 아름다웠어."

그날, 우리는 가만히 눈을 감고 눈 덮인 센트럴파크에 오래 서 있었다. 큰이모가 느꼈을 방식대로 세상을 느껴보기 위해서. 나는 피부에 닿는 공기의 차가운 감촉과 겨울나무의 냄새와, 눈을 감은 채 얼굴을 빛 쪽으로 들어 올리면 눈꺼풀 위로 느껴지는 햇살의 온기를 그때만큼 그렇게 생생하게 느낀 적이 없다. 그때 나는 우리가 바로 그 순간 큰이모에게 가장 가까이 다가갔다고 믿었다. 언니 역시 그렇게 느끼고 있기를 진심으로 바랐고. 하지만 이제 나는 안다. 타인이 느꼈던 방식 그대로 세상을 느껴볼 수 있으리라는 생각은 얼마나 헛된가. 우리는 오직 우리가 느낄 수 있는 대로만 느낄 뿐이다. 아무리 노력하더라도, 그렇다.

그렇더라도 존스비치에서 개리를 바라보던 언니의 얼굴에 일렁였던 빛을 지금 내가 떠올린 건, 지난날 언니와 함께 보았던 록펠러센터 앞의 커다란 크리스마스트리를 보다가 아주 오래전의 일을 기억해냈기 때문이라는 이야기는 덧붙이고 싶다. 열다섯번째로 맞이했던 크리스마스 무렵이고, 나는 그해 봄 우리 반에 왔던 교육실습생이 영화를 보여준다고 해서 지하철을 타고 난생처음 서울에 도착한 참이다. 이제는 없어진 서울극장 앞에서 나는 그가 나타나기를 기다리고 있다. 캐럴과 구세군 종소리가 거리에 가득하고 나는 인생 첫 데이트를 위해 용돈을 모아 지하상가에서 산 모직 미니스커트를 입고 있다. 스스로 충분히 어른에 가까워졌다고 믿으며. 크리스마스트리가 장식된 영화관 입구에서 그를 기다리며 나는 얼마나 설렜나. 그리고 그가 애인과 함께 나타났을 때 내가 빠졌던 절망은 얼마나 깊고 어두웠었나. 지금 생각해보면 대학생인 그가 열다섯 살인 나를 연애감정으로 좋아했을 거라고 믿었다는 사실이 터무니없게 느껴지고, 그를 향한 사랑을 보답받을 수 있으리라 생각했다는 사실 역시 가당치 않게 느껴진다. 하지만 그때 나는 태어나 처음 느껴보는 감정에 압도된 채 확신에 차 있었다. 그것은 이제 와 돌이켜보면 부끄럽지만 무척 황홀한 감정이었다. 온 세상을 크리스마스트리의 불빛처럼 형형색색으로 반짝이게 만드는. 그리고 꼬리에 꼬리를 무는 이런 생각들은 한 번도 자신만의 욕망을 가져본 적 없던 언니가 그때 어떤 시기를 통과하고 있었다는 걸 나로 하여금 마침내 깨닫게 했다. 그건 얼마나 달콤한 일이었을까. 얼마나 고통스러운 일이었을까. 이미 오래전 지나왔으나, 그런 시기가 틀림없이 내게도 있었다. 그리고 그건 언제 누구에게 찾아오든 존중받아야 마땅했다.

봄밤의 우리

나루카와 유타는 늙고 고요한 기린 같았다. 목이 길거나 키가 큰 건 아니었는데, 아무튼 그녀가 처음 받은 인상이 그랬다. 사자의 습격으로 새끼를 잃은 어미 기린을 몇 해 전 유튜브에서 보고 그녀도 기린이 그렇게 순하기만 한 동물이 아니란 걸 알게 되긴 했지만. 영상 속에서, 크나큰 슬픔에 잠긴 어미 기린은 사자를 쫓아가 두개골이 깨질 때까지 뒷발로 짓밟고 또 짓밟았다.

그를 처음 만났을 때 그녀는 스물여섯이었고, 그건 벌써 15년도 더 된 일이다. 그때 그녀는 현대 희곡에 대해서 배우는 강의실에 앉아 있었다. 그녀는 파리의 한 대학 석사과정에 막 진학한 상태였는데, 아무리 애를 써도 교수가 말하는 속도대로 필기하는 건 불가능했다. 유타는 그 강의실에 있었던 학생들 중 그녀를 제외하면 유일한 동아시아인이었다. 유타가 그녀를 위해 필기한 노트를 보여주어서 그들은 일주일에 한 번씩 강의실 밖에서 만나게 됐다. 그녀가 유타의 노트를 집에 가져가서 베끼고 이틀이나 사흘 뒤 유타에게 반납하는 식이었는데, 그런 이유로 만나는 날엔 그녀가 밥을 샀다. 파니니나 바게트에 버터를 바르고 햄을 끼운 샌드위치처럼 저렴한 한 끼 식사 정도였지만, 유학생 처지의 그녀로선 그것이 최대한으로 고마움을 표시하는 방법이었다. 이후 그들은 조 발표를 같이하게 돼, 도서관이나 카페테리아에서 만나 같이 책을 읽고 자료를 주고받기도 했다. 프랑스어 실력이 부족했던 그녀는 재시험을 보지 않기 위해서 유타에게 많은 부분을 의지할 수밖에 없었다. 하지만 정작 과제물을 발표한 건 그녀였는데, 그건 유타의 회화 실력이 그녀보다 형편없었기 때문이다. 말을 할 때 유타의 문법은 엉망이었고, 그중에서도 시제는 프랑스어에 아직 능숙하지 않던 그녀가 듣기에도 뒤죽박죽이었다. 하지만 무엇보다 사람들로 하여금 그의 프랑스어 수준을 의심하게 만드는 건 발음이었다. 일본어 억양이 아주 짙게 묻어나는 발음. 그 때문에 같이 수업을 듣는 학생들은 물론 교수까지도 그녀가 그보다 프랑스어를 훨씬 잘한다고 종종 착각하곤 했다. 하지만 실상은 그렇지 않았다. 사실 그는 그녀가 알지 못하는 고급 표현들에 매우 해박했고, 까다로운 문장구조로 된 프랑스어책을 독해하는 데 막히는 법이 없었다. 그도 그럴 것이 그때 그녀는 프랑스에 도착한 지 겨우 반년밖에 되지 않은 처지였던 반면 그는 그곳에서 이미 8년째 살고 있었다.

그해 가을부터 겨울까지, 유타는 그녀에게 거의 유일한 친구였다. 그녀가 그 단어로 유타를 정의하기까지는 조금 시간이 필요했는데, 그건 그가 일본인이어서도 남자여서도 아니었다. 그의 나이, 그러니까 그가 자신보다 열두 살이나 많다는 사실이 그를 '친구'라고 지칭하는 걸 망설이게 했던 것이다. 줄곧 한국에서만 살았던 그녀에게 열두 살 많은 남성을 친구로 받아들이는 건 쉽지 않은 일이었다. 그는 서른여덟이었는데, 그 무렵의 그녀에게 서른여덟이란 자신이 졸업한 학교에 갓 임용된 교수의 나이였고, 전성기를 마무리하고 은퇴한 유명 축구 선수보다도 더 많은 나이였다. 처음 유타의 나이를 알았을 때, 그녀는 유타가 그렇게 많은 나이에 자신과 같이 석사과정을 밟는 건 뒤늦게 유학을 왔기 때문일 거라고 그저 단순하게만 생각했다. 하지만 시간이 흐르면서 유타가 그 나이에 자기보다 열두 살 이상—그녀와 같은 수업을 듣던 프랑스 학생들은 그녀보다도 더 어렸다—어린

학생들과 수업을 듣게 되기까지 밟은 삶의 이력이 꽤나 복잡하다는 걸 알게 됐다. 가업을 이으라는—그의 집은 3대째 메밀국수와 우동을 파는 식당을 운영했다—부모의 말을 거스르고 일본의 명문 대학에서 법학을 전공했던 유타는 중간에 학교를 그만두고 몇 년간 부모의 국숫집에서 일했고, 서른 살이 되던 해 여름 홀연히 프랑스로 건너왔다. 처음 도착했을 때 그는 프랑스어를 조금도 하지 못했기 때문에 그르노블과 앙제에서 3년간 어학연수를 해야 했다.

"하나도 못했다고? 그런데 대체 왜 프랑스에 온 거야?"

처음 그에게서 과거의 행로를 들었을 때 그녀는 놀라 물었다.

"글쎄, 사실은 꼭 프랑스가 아니어도 됐는지 몰라. 학비가 싸다는 걸 들어 알고 있었고, 에펠탑이 정말 도쿄타워와 똑같이 생겼는지 한번 보고도 싶었지."

그는 진짜 이유에 대해선 말하고픈 마음이 없는지 늘 그렇듯 시제를 다 틀려가며 대충 얼버무렸는데, 그녀는 이야기를 들으며 그가 숨기려는 진실이 무엇일지 궁금했다. 어쨌든 그는 3년의 어학연수 끝에 파리의 한 대학에 입학했다. 처음부터 연극학을 전공한 것은 아니었다. 전공을 바꿔 심리학으로 학사 학위와 석사 학위를 딴 그가 어째서 박사과정에 진학하지 않고 연극학 석사과정에 재입학했는지는 알 수 없었다.

그녀가 아는 건, 유타에겐 보통 사람들에 비해 시간 개념이 희박했다는 것뿐이다. 그에겐 다른 유학생들처럼 얼른 공부를 마친 뒤 너무 늦기 전에 귀국해 자리를 잡아야 한다는 목표 같은 것이 결여되어 있었다. 석사과정을 마친 후엔 연극학 박사 학위 과정을 밟았지만 학위를 받아 일본에서 교수가 되어야겠다는 야망이 있는 것은 전혀 아니었고, 그래서 그는 다른 일본인 유학생—대체로 프랑스 문학 석사 학위를 취득해 귀국하기만 하면 일본 명문대에서 끌어줄 연줄을 가지고 있는 야심만만한 젊은 일본 남자들이었다— 무리에도 잘 섞여들지 못했다. 사정이 그러하다 보니 유타는 늘 혼자였고, 아무 활동도 하지 않았다. 그가 별다른 활동을 하지 않은 주요한 이유는 무엇보다 경제적인 문제 때문이었을 것이다. 이따금씩 주재원들을 대상으로 프랑스어 문법 과외를 하는 것 같긴 했지만 그것만으로 생계를 유지하는 데는 어려움이 있을 수밖에 없었다. 그는 공부하는 틈틈이 각종 통역이나 번역 아르바이트를 했고, 어떤 때는 일본 식당에서 서빙을 하기도 했다.

유타는 경제적으로 넉넉한 형편이 아니었기 때문에 늘 돈을 신경 썼다. 언제나 도시락을 싸 들고 다녔고, 옷은 꼭 필요한 경우에만, 그마저도 중고로 샀으며, 교통비를 아끼기 위해 웬만한 곳은 다 걸어 다녔다. 심지어 충치 치료가 필요할 때도 치대 학생들이 실습을 위한 자원자를 모집할 때까지 진통제를 먹어가며 기다렸다. "아주 저렴하거든." 그녀가 사주는 파니니를 우물우물 씹어 먹으며 유타가 말했다. 매사에 돈 걱정을 해야 하는 건 대부분의 유학생 모두 마찬가지였지만, 그런 유타를 볼 때마다 그녀의 마음이 복잡해졌던 건 서른여덟이라는 그의 나이 때문이었을 것이다. 아직 스물여섯 살이었던 그녀에게 이십대의 가난은 자연스러운 것이었지만 마흔 살에 가까운 남자의 가난이란 초라한 것이었다.

하지만 그런 유타에게도 낙은 있었다. 그녀는 유타와 조금씩 가까워지면서 그가 한 달에 두세 번씩은 반드시 연극을 보러 간다는 걸 알게 됐다. 유타는 매주 수요일 가판대에서 새로 나온 『파리스코프』를 샀고, 처음부터 끝까지 정독하면서 티켓값이 저렴하고 볼 만한 연극들을 찾아냈다. 그의 예산으로 관람할 수 있는 연극은 대부분 스무 명 남짓의 관객이 들어갈 수 있는 소극장에서 하는 작품이었지만, 가끔 아주 훌륭한 배우나 연출가의 공연이 있을 땐 롱푸앙극장이나 샤틀레극장을 찾기도 했다. 그녀가 처음 유타와 함께 본 연극은 샤틀레극장에서 상연된 「칼리굴라」였다. 그들

은 티켓을 정가에 예매하는 대신 공연 직전 헐값에 살 수 있
는 취소 표가 나오길 기다리며 매일 밤 공연장에 갔다. 그들
이 공연장에 들어갈 수 있었던 건 그런 식으로 엿새를 기다
린 어느 밤이었다. 그녀는 19세기에 지어진 파리의 아름다
운 대극장에서 난생처음 연극을 본다는 사실에 들떠 있었
지만 "내겐 존재들의 침묵이 필요해. 마음속의 이 끔찍한 소
란이 잠잠해져야만 해"라거나 "있는 그대로의 이 세상은 참
을 수 없어. 그러니 나는 달이 필요해. 아니면 행복이나 불
멸의 생명이. 어쩌면 말이 되지 않는 것일지라도, 아무튼 이
세상의 것이 아닌 무언가가" 같은 대사들로 이루어진 공연
을 온전히 이해할 수는 없었다. 그들은 그 후로도 몇 번 더
공연을 봤다. 같이 관람만 했을 뿐 돈을 아끼기 위해 차를
마시거나 술을 마시진 않았다. 하지만 가끔씩 공연의 감동
이 너무 벅차 아무도 없는 집으로 돌아가기 싫을 때면 그들
은 조금 걸어 극장 근처 공원이나 벤치를 찾아 앉았고, 공연
에 대한 감상을 주고받았다. 유타는 그녀와 달리 파리의 골
목골목을 잘 알았는데 그런 유타를 따라다니는 일은 그녀
에게 새로운 책을 펼치는 일처럼 느껴졌다. 시간이 흐른 후
엔 그녀도 파리의 이면들─더럽고 냄새나는 지하철이라
든지 공원 벤치에 누워 있는 노숙자들, 이민 정책의 실패가
낳은 여러 사회문제─을 제대로 보게 됐지만 유타와 연극

을 보러 다니던 시기의 그녀는 대학 시절 읽었던 에밀 졸라
나 빅토르 위고 같은 작가들의 작품 속에 등장하는 골목들
을 실제로 걷는다는 사실에 취해 그런 것들을 의식할 겨를
이 없었다. 그렇게 도시를 걷다 보면 그녀의 머릿속엔 자연
스럽게 불멸이 된 죽은 이들이 떠올랐다. 막이 내리면 사라
져버리는 일회적인 것이라 연극을 좋아한다던 유타와 달리
그녀는 미래에도 영원히 남는 것이기 때문에 연극이 좋았
고, 같은 이유에서 길을 걷다 골목이나 다리의 이름으로 남
아 영속하는 빛나는 이름들을 마주치면 마음이 일렁였다.
그런 밤들엔 이따금씩 눈이 내리기도 했다. 기온이 충분히
낮지 않아 닿는 순간 덧없이 녹아버리던 눈송이들. 하지만
전쟁 속에서도 불타지 않고 살아남은 구시가지에 눈송이가
흩날리는 풍경은 그녀의 눈에 그저 아름다웠고, 그녀는 상
기된 얼굴로 기꺼이 눈을 맞았다. "너무 아름답지?" 그녀가
돌아보면 평소보다 얼굴이 환해 보이는 유타가 말없이 웃
었다. 유타는 장갑을 끼지 않아 조금 붉어진 손을 뻗었고,
그녀의 젖은 머리를 털어주었다.

점차 프랑스어 실력이 좋아지고 파리 생활에 적응해나가
면서 그녀는 유타 외에도 어울릴 또래 친구들이 생겼고, 몇
명의 애인을 사귀었다가 헤어졌다. 그녀는 유타를 좋아했

고 자신이 그의 거의 유일한 친구라는 걸 알았지만, 수도승처럼 단조로운 그의 일상을 날마다 같이하기엔 가능성으로 가득 찬 삶에 대한 호기심이 너무 많았다. 그녀는 낯선 나라에서의 삶을 만끽하고 싶었고, 될 수 있는 한 많은 걸 경험하고 싶었다. 그러다 보니 그녀가 유타와 만나는 일은 연애를 하는 동안엔 자연스럽게 뜸해졌다가 이별을 하면 다시 잦아졌다. 파리에서 두번째로 맞이한 8월, 반년 정도 만났던 베트남계 프랑스인과 헤어진 후 그녀는 유타를 만나 센강 변에서 아이스크림을 사 먹었다. 강을 따라 늘어선 나무들은 푸르렀고, 강물은 투명하게 반짝였다. 계단 아래서는 살구색으로 피부가 익은 어린아이들이 쭈그려 앉아 낙서를 하고 있었다. 유타는 별다른 말을 하지 않았지만 그녀가 이런저런 이야기를 하면 늘 그렇듯 잘 들어주었고, 그녀는 유타가 자신을 바라보는 눈빛을 느끼는 것이 즐거웠다. 그녀는 유타가 짧은 치마 아래 드러난 자신의 다리를, 때론 일부러 그의 앞에서 통통 튀듯 걷는 자신의 뒷모습을 어떤 눈으로 보는지 알고 있었다. 그가 그녀를 욕망하면서도 감히 손을 뻗으려 하지 못한다는 사실이 실연의 상처로 의기소침해 있던 그녀를 우쭐하게 만들었다. 그녀에겐 그에게 없는 젊음이 있었고, 그것은 그녀에게 자신이 그보다 우월한 위치에 있다고 느끼기에 충분한 이유였다.

3년 후, 한 극장에 취직해 있던 그녀가 일을 그만두고 한국으로 돌아가게 되었을 때 유타는 출국을 앞둔 그녀를 처음이자 마지막으로 자신의 집에 초대했다. 그의 집은 뜻밖에도 말제르브대로 변의 으리으리한 오스만 양식 건물에 위치해 있었다. 유타가 알려준 대로 비밀번호를 누르고 건물 안에 들어가 엘리베이터를 탔고 4층에 내렸다. 그녀가 벨을 누르자 유타는 한 손에 긴 나무젓가락을 들고 문을 열었다. 그가 사는 곳은 주인집의 일부를 막아 세를 놓기 위해 개조한 공간으로, 방 한 칸과 부엌, 화장실로 이루어진 아주 작은 집이었다. 집은 협소했지만 유타처럼 정갈했고, 그녀는 금세 그곳이 좋아졌다. 그들은 부엌 겸 다이닝룸 겸 거실인 작은 공간에 앉아 그가 준비한 자루우동과 샐러드, 연어초밥을 먹었다. 자신을 위해선 식비를 지독히도 아끼던 그가 일부러 시장에 나가 싱싱한 연어를 샀을 거라 생각하자 그녀는 마음이 따뜻해졌다.

그들은 그녀가 사 온 포도주와 치즈를 함께 나누며 늦은 시간까지 이야기를 했다. 그날 유타는 자신 역시 머지않아 일본으로 돌아갈 생각이라고 했다.

"논문은 어쩌고?"

그때 유타는 마테를링크를 전공할 생각으로 박사과정에

진학해 있었지만 생계비 버는 일에 치여 논문을 시작도 못한 상태였다.

"내가 논문을 완성한다고 교수가 될 것도 아니고. 공부하고 싶은 만큼만 하다가 일본에 가서 가업을 다시 잇거나, 학원에서 프랑스어를 가르치면 되지."

그날 그녀는 그가 떠나는 바람에 그의 할머니가 늙은 몸을 이끌고 국숫집을 운영하고 계시단 걸 처음 알았다. 그의 부모님이 한날한시에 교통사고로 돌아가셨고, 그 일을 계기로 국숫집을 떠맡았던 유타가 어느 날 갑자기 모든 게 무의미하게 느껴져 일본을 떠났다는 사실도.

"아, 미안해. 그런 일이 있었구나. 전혀 몰랐어."

"당연하지. 내가 말하지 않았으니까."

모든 걸 정리하고 떠나려 했는데 닫으려 했던 가게를 할머니가 굳이 다시 열어 지금껏 운영하고 있다고, 그는 포도주를 마시며 탐탁지 않은 투로 말했다. 그의 할머니는 여든일곱 살이었다. 그는 일본에 전혀 미련이 없지만 어린 시절 이웃에 살며 자신을 거의 키워주다시피 한 할머니만은 늘 걱정하고 있었고, 건강이 점점 쇠약해지고 있는 할머니가 언젠가 스스로 생활하는 것이 어려워지면 미련없이 일본으로 돌아가 브라질에 이민 가 있는 고모 대신 곁에 있어드릴 생각이라고 했다.

"할머니를 위해 모든 걸 포기하고 돌아가는 건 너무 아깝지 않아?"

유타는 그녀의 질문을 이해할 수 없다는 듯한 표정을 하며 대답했다.

"아깝긴. 그렇게라도 할 수 있다는 게 얼마나 다행스러운 일인데. 할머니는 이 세상에 남은 내 유일한 가족이고, 국숫집 하느라 늘 바빴던 엄마 아빠 대신 내가 좋아하는 돼지고기생강구이를 도시락에 싸주고, 감기에 걸리면 계란을 풀어 넣은 유부우동을 끓여준 사람인걸."

그녀는 유타가 살아가는 태도가 걱정됐고, 마흔이 넘은 나이에 여전히 미래에 대한 준비 없이 자신의 인생을 남의 것처럼 아무렇게나 흘려보내듯 사는 그가 못마땅했다. 하지만 그렇게 말하는 유타의 표정이 너무 아늑하고 고요해 보여 아무 말도 할 수 없었다. 그가 할머니와의 애틋한 추억에 대해서 이야기하는 동안 파리의 석양이 창을 타고 넘어왔고, 오렌지빛 햇살이 집 안의 사물들과 유타의 윤곽을 부드럽게 만들었다. 그날 그들은 조금 취해 처음이자 마지막으로 입을 맞췄다. 그 이상의 일은 일어나지 않았다. 파리의 초여름 냄새와 밤 그리고 작별을 앞둔 자들의 희미한 슬픔이 가능하게 한 입맞춤이었다.

＊

　그녀가 한국에 돌아온 이후엔 매일매일이 빠르게 흘러갔다. 그녀의 오빠가 결혼을 해 아이를 낳았고, 친구들도 차례로 결혼을 했다. 그녀의 마음은 볕을 향해 날마다 푸른 잎을 키우는 여름 나무처럼 여전히 성장하고픈 갈망으로 가득했으므로, 짬을 내어 영어 회화를 배웠고 살사 동호회에도 나갔다. 직장에서 맡은 주요 업무가 국내외 예술단체 교류 사업이라 그녀는 어쩌다 한 번씩 프랑스에 출장 갈 일이 생겼다. 그녀가 프랑스에 처음 다시 갔을 때 유타는 이미 일본으로 돌아간 뒤였다. 유타와는 가끔 이메일을 주고받다가 머지않아 연락이 끊겼는데, 그녀는 그걸 자연스럽게 받아들였다. 그즈음 그녀는 운동 삼아 조깅을 시작했고, 한강 둔치에서 조깅을 하다가 만난 남자와 가까워졌다. 그는 물류회사에 다니고 있었고, 마른 근육질 체형에 웃을 때 눈꼬리가 내려가는 얼굴이 귀여웠다.

　한번은 그녀가 남자와 조깅한 뒤 집에 돌아오는 길에, 나무둥치에 묶여 있는 하얀 개 한 마리를 본 적이 있었다. 주인이 찾으러 오겠지 생각한 그녀는 집으로 돌아가 씻고 잠자리에 들었다. 그런데 어딘가 불안해 보이던 그 개의 모습이 좀처럼 그녀의 머릿속에서 떠나지 않았다. 결국 그녀는 후드 티를 뒤집어쓰고 다시 집을 나섰다. 그녀가 둥치에 도착했을 때 개는 여전히 그 자리에 그대로 있었다. 개는 그녀가 다가가자 경계하는 듯 뒤로 물러섰다가 그녀가 다시 뒤로 몇 발자국 움직이면 다급하게 다가왔다. 무릎을 꿇고 앉아 가만히 손을 내미니 개는 조금씩 경계심을 풀고 손의 냄새를 맡기 시작했다. 그리고 꽤 긴 시간이 흐른 뒤 개가 마침내 그녀의 손가락 끝을 핥았다. 아주 연약하고 따뜻한 혀로. 그러자 그녀의 마음에 두 번 다시 닫을 수 없는 문이 생겨 활짝 열렸다. 어떤 사랑은 그런 식으로 예측할 수 없이 시작되기도 했다. 발을 담그기만 해도 휩쓸릴 급류인지, 서서히 젖어갈 빗줄기인지 미처 알지 못하는 채로. 그것이 상호적인 감정이었는지 개는 들어 올려지면서도 저항하지 않았고, 그녀의 품에 기꺼이 안겼다.

그녀는 개의 주인을 찾아주기 위해 조깅을 같이하던 남자와 동네 이곳저곳에 전단지를 붙이고 SNS에 사진을 올렸다. 며칠이 지나도 주인을 찾을 기미는 조금도 보이지 않았다. "어떻게 할 거야?" 그녀의 집에서 개를 쓰다듬으며 이제 애인이 된 조깅하는 남자가 물었다. "이 아이를 버릴 수는 없잖아." 개를 버리면, 이제 겨우 그녀와의 생활을 받아들인 듯 현관문가가 아니라 그녀 곁에서 잠을 자고 그녀가 화장실에라도 들어가면 나오기를 문 앞에서 하염없이 기다리는 그 개는 길거리를 헤맬 것이고, 굶거나 차에 치여 죽을지도 몰랐다. 그렇게 해서 개는 그녀와 같이 살게 됐다. 개는 그녀가 잠자리에 들면 자연스럽게 침대로 와서 이불 속으로 파고들었는데, 개와 함께 몸을 맞대고 있으면 더할 나위 없이 따뜻했고, 그건 마치 세상에서 가장 따뜻한 이불이 그녀를 감싸안는 듯한 느낌이었다.

개는 그녀와 살기 시작할 때 이미 일곱 살로 추정되었는데, 호기심이 여전히 매우 많았고 민첩했으며 기분이 좋을 때면 꼬리를 프로펠러처럼 아주 재빨리 흔들었다. 개와 같이 살기 시작한 그해 그녀는 주말이면 애인과 셋이서 여의도공원이나 서울숲에 놀러 가는 일이 많았다. 그녀가 그다음 사귄 애인은 캠핑을 좋아해서 개를 차에 태우고 가평이나 대호방조제에 가기도 했다. 데리고만 있으면 알아서 클 거란 생각으로 쉽게 개를 맡았지만 시간이 갈수록 그녀는 자신이 정말 아무것도 모른다는 걸 알게 됐고, 개에 관한 책들을 사서 읽었다. 개를 너무 긴 시간 동안 혼자 두는 건 좋지 않다는 글을 읽은 후엔 바깥에 나가 있는 시간을 기꺼이 줄여나갔고, 그녀가 출장을 가 있는 동안에는 애인들에게 개를 맡겼다. 하지만 개를 대신 돌봐줄 정도로 자상했던 그들도 결국 그녀에게 "너한테는 내가 필요 없는 것 같아"라고 말하며 다른 이들처럼 떠났다. 애인과 헤어질 때마다 그녀를 집에서 맞이해준 것은 개였다. 무슨 일 있니? 개는 우는 그녀의 얼굴을 핥아주었고, 언제나처럼 그녀의 옆에 기대앉아 울음을 그치길 하염없이 기다렸다. 그들은 서로 말이 없었다. 하지만 그녀는 개가 자신을 누구보다도 깊게 이해하고 있다는 걸 분명히 느낄 수 있었다.

그녀가 페이스북의 알 수도 있는 사람 추천 기능을 통해 유타를 발견한 건 몇 년의 시간이 지난 후였다. 그사이 그녀는 몇 번의 실패와 좌절을 더 겪었고, 삶이 동전을 넣기만 하면 무엇인가를―비록 하찮은 것일지라도―결국 건네주는 뽑기 기계가 아니란 걸 알게 됐다. 유타의 프로필 사진 속에는 눈이 오는 바다의 풍경만 들어 있어서 처음에 그녀는 그가 자신이 아는 그 유타가 맞는지 긴가민가했다. '파리에서 알고 지내던 유타가 맞나요?' 그녀는 그에게 메신저로 질문을 던졌다. 며칠 후, 메신저로 답이 왔다. '네, 파리에서 알고 지내던 보라가 맞나요?' 그런 식으로 그들은 다시 연락을 주고받게 됐다. 봄의 초입이었고, 아직 일교차가 큰 시기였다.

처음 메신저로 대화를 나누고 며칠 후인 금요일, 그들은 스카이프로 영상통화를 시도했다. 밤 10시, 그녀가 컴퓨터를 켰고, 그녀의 기억보다 훨씬 나이 들어 보이지만 순한 인상은 그대로인 유타가 화면에 나타났다. "오랜만이야." 그녀는 그를 보면서 그제야 자신의 나이가 처음 만났을 당시 유타의 나이보다 더 많다는 걸 깨달았다. 그녀는 화면 속에 비친 자신의 얼굴을 봤다. 아주 늙진 않았지만 얼굴엔 어느새 젊음이 비켜서고 있었고, 정수리에는 흰 머리카락이 돋아나 있었다.

유타도 그녀도 프랑스어를 많이 잊어버려 그들이 사용할 수 있는 어휘와 문장은 전보다 단순해져 있었다. 유타는 마지막으로 그들이 이메일을 주고받았을 때와 마찬가지로 도쿄 근교의 도시에서 여전히 할머니와 살고 있다고 했다.

"할머니랑 같이 사는구나."

그녀는 정말 깜짝 놀랐다. 그의 할머니는 이제 아흔아홉 살이었다. 더욱 놀라웠던 것은 병원에서 인생을 마무리하고 싶지 않다는 할머니의 바람을 들어주기 위해 그가 할머니를 다시 집으로 모시고 와 간병을 하고 있다는 사실이었다. 그는 국숫집도 정리하고 소소한 아르바이트만 하며 지낸다고 했다. 집에 환자용 침대와 휠체어를 들였으며, 매일 할머니의 식사를 준비하고 할머니를 휠체어에 태워 산책을 시켰다.

유타는 메신저를 통해 그녀에게 사진을 몇 장 보냈다. 사진 속에는 휠체어를 탄 채 꽃그늘 아래나 신사 앞에 있는 아주 마른 노인이 있었다.

그녀는 사진을 들여다보다가 "할머니가 네 덕분에 행복하시겠다" 하고 말했다. 그건 진심이었고, 그 말에 유타의 입꼬리가 부드럽게 위로 올라갔다. "그러시면 좋겠어."

유타는 간병에 전념하느라 사교 활동을 거의 할 수 없었다고, 하지만 시간이 있었던들 일본에서 알고 지내던 친구들은 모두 회사의 중역이 되어 있어 어차피 교류해봤자 대화가 통할 만한 사람을 찾긴 어려웠을 거라고 말하며 웃었다. 그녀는 유타에게 아르바이트로 번 돈이 생활하는 데 충분한지, 할머니가 돌아가시고 나면 그의 삶은 어떻게 하려고 하는지 묻고 싶은 것이 많았다. 하지만 그녀는 유타와 처음 만났을 즈음과 달리 이제는 그런 것들에 대해서 크게 고민하지 않는 유타의 대책 없음이 한심해 보이지 않았고, 할머니를 돌보는 데 온 마음을 다하는 유타에게 그런 걸 묻는 게 아무 도움도 되지 않으리라는 걸 알았으므로 그저 침묵했다. 그의 이야기가 그녀의 마음을 움직였는데, 그건 어쩌면 그녀가 이제는 나이 들고 병든 개를 간병하고 있기 때문인지도 몰랐다. 개는 점점 약해졌고, 장기들이 손상되었으며, 식욕을 잃었고, 자주 넘어졌다.

그녀는 무릎에 올려둔 개를 내려다보았고, 그 위에서 안심한 듯 깊이 잠든 사랑스러운 개가 아주 조그맣게 코를 고는 소리에 가만히 귀를 기울였다. 산책은커녕 혼자 화장실까지 가는 동안에도 몇 번씩이나 쓰러져 더 이상 스스로 걷기 힘들어진 개, 방문 턱조차 혼자 넘지 못해 그 앞에서 그녀가 도와주기만을 하염없이 기다려야 하면서도 그녀를 보면 어김없이 활짝 웃는 개의 등을 부드럽게 쓰다듬으면서 그녀가 말했다.

"꼭 오래오래 사시면 좋겠다."

봄이 점점 깊어갔다. 하늘은 새파랬고, 투명하리만큼 새하얀 뭉게구름들이 두둥실 떠다녔다. 햇살이 쏟아졌고, 연분홍색과 크림색의 꽃송이들이 바람이 불 때마다 살랑거리며 빛났다. 그녀는 매일 저녁 더 이상 스스로의 힘으로는 산책할 수 없는 개를 품에 안고 한강 둔치나 공원을 걸었다. 개를 두고 출근하고 나면 온종일 CCTV로 개를 관찰했고, 퇴근해서 집에 돌아오면 개가 다친 곳이 없는지부터 살폈다. 휴직해야 하는 걸까? 2주에 한 번꼴로 식욕을 잃고 며칠씩 굶는 개를 동물병원에 데려가 링거를 맞춰주기 위해 반차를 쓸 때면 그녀는 일을 그만두고 할머니를 돌보는 데 전념하고 있는 유타를 떠올렸다. 개는 이제 다리 한쪽이 완전히 마비됐고, 화장실을 어떻게든 혼자 힘으로 가려고 애쓰다가 넘어져 온몸이 멍투성이였다. 더 이상 개를 집에 혼자

두는 건 개에게도 그녀에게도 너무 고통스러운 일이었기에 그녀는 휴직을 심각하게 고민하고 있었다. 하지만 그녀는 개를 간호해야 하기 때문에 휴직한다는 사실을 이해해줄 사람은 없으리란 것을 알았다.

개가 어쩌다 이렇게까지 내게 소중한 존재가 되었지? 그녀는 그 사실이 정말 놀라웠다. 어렸을 때부터 친구 집의 개나 고양이들을 보면 예뻐하긴 했지만 그렇다고 이 정도로 좋아한 건 결코 아니었다. 지금 그녀는 개가 없는 세상을 상상할 수조차 없었고, 개를 하루라도 더 살리기 위해서라면 아까울 것이 없었다. 그녀는 날마다 인터넷으로 바닥 미끄럼 방지에 좋다는 제품들을 주문했고 온갖 영양제와 간식을 구매했다.

"우리가 몇 번의 봄을 더 함께 볼 수 있을까?"

화창한 봄밤에 개를 품에 안은 채 걸으면서 그녀가 속삭였다. 다음 해 봄에는 같이 있지 못할지도 모른다는 불안이 그녀의 가슴속에 피어났지만 곧 이어질 푸른 여름은, 빛깔이 찬란한 가을은 한 번씩 더 볼 수 있을 거라고 그녀는 생각했고, 그 사실을 조금도 의심하지 않았다.

개가 숨을 거둔 건, 사흘 뒤였다.

개를 떠나보내고 많은 것이 변했다. 개와 함께한 시간이 10년이나 되었기 때문에 개는 그녀의 삶 아주 깊은 곳에 들어와 있었다. 이제 그녀가 현관문을 열고 들어와도 맞이해 주는 존재는 없었고, 옷을 갈아입으려 방에 들어갈 때 타다닥 소리를 내며 따라와 머리를 쓰다듬어달라고 보채는 존재도 없었다. 집 안의 적막이 낯설어 그녀는 퇴근해 돌아오면 TV를 틀어야만 했다. 잠자리에 들어서도 그녀는 TV를 끌 수가 없었고 아주 오래 뒤척인 끝에 겨우 잠이 들었다. 이따금씩은 자다가 소스라치게 놀라며 깨어날 때도 있었다. 그럴 때면 그녀는 잠결에 자신이 개를 찼을까 봐 두려워하며 발을 조심스럽게 당겼다. 하지만 얼마 지나지 않아 그녀는 자신에게 누군가의 완전한 신뢰와 사랑을 받는 일의 기쁨과 두려움을 처음으로 알게 해준 개가 더 이상 곁에 없다는 사실을 다시 기억해냈다. 아, 다들 이 부재를 어떻게 견디는 거지? 한 번도 경험하지 못한 상실감과 슬픔이 커다랗고 새카만 아가리를 벌리고 자신을 머리부터 집어삼키는 느낌이었다. "사람들을 좀 만나는 게 어때?" 소식을 들은 친구들의 조언에 따라 그녀는 집 안에 있는 시간을 줄이기 위해 사람들을 만났고, 일부러 야근을 했다. 하지만 결국엔 집에 돌아가야 하는 시간이 찾아왔다. 그러면 그녀는 직면할 부재가 무서워 현관문 앞에 서서 울었다.

*

여름이 오고, 가을이 지나갔다. 그녀는 조금씩 덜 울었고, 조금씩 일상을 되찾았다. 마침내 크리스마스캐럴이 들려오기 시작했고, 약속 잡을 일이 더 늘어났다. 12월 둘째 주 토요일 낮에 그녀는 대학 시절 친구들을 만났다. 모처럼 그 시절 즐겨 가던 식당에 가볼까 했지만 문을 닫아서 그들은 시내에 새로 생긴 올데이 브런치 가게에서 만났다. 이야기를 주도한 건 대체로 친구들이었다. 친구들은 모두 결혼을 했고 아이도 낳은 터라 대화 주제가 자연스럽게 육아 쪽으로 흘러갔다. 발레부터 피아노, 스키, 영어에 중국어까지 아이들이 배워야 할 것은 얼마나 많은지! 하지만 그녀는 그것들에 대해 아무것도 알지 못했다. 다른 친구들과 만났던 그다음 주 토요일 저녁엔 사정이 조금 나았다. 한 명은 이혼을 했고 다른 친구는 결혼에 대한 관심이 전혀 없어서 그녀는 대화에 조금 더 자연스럽게 녹아들 수 있었다. 포도주를 한 병 정도 비울 즈음 친구들은 그들이 키우는 고양이에 대한 이야기를 하기 시작했다. 친구들은 각자 고양이를 한 마리씩 키웠는데, 이름은 꽁이와 망고였다.

"우리 꽁이가 이젠 귀가 안 들려서 너무 크게 울어 온종일 시끄럽다니까." 친구가 말했다. 하지만 그녀는 그런 불평이 진짜 불평은 아님을, 그들이 사랑하는 고양이에 대한 애정의 표현임을 알았고, 어쩔 수 없이 자신의 개가 사무치게 그리워졌다.

정월 초하루, 오랜만에 지방에 있는 본가에 갔다가 그녀는 어쩌다 단둘이 소파에 앉아 있게 된 올케에게 그날 이야기를 하며, 울지 않기 위해 대화 중에 딴생각을 해야만 했다고 말했다.

그러자 올케는 테이블 위에 놓여 있던 귤을 집어 까먹으며 물었다.

"어머나, 아직도 그래요?"

그녀는 입을 다물었다.

*

눈이 몇 번 더 오더니 해가 다시 조금씩 길어졌다. 그녀는 겨울 이불을 세탁소에 맡겼고 사람들은 가벼운 옷을 꺼내 입기 시작했다. 그녀의 집 맞은편 건물 앞엔 공사 예정 구역이라는 현수막이 오랫동안 붙어 있더니, 어느 날부터

인가 인부들이 와서 건물을 허물기 시작했다. 겨우내 집에만 있었던 탓인지 살이 찐 게 느껴져 그녀는 다시 조깅을 시작했고, 운동을 마치고 집에 돌아와서는 OTT로 드라마나 예능을 봤다. 한번은 잃어버린 서류를 찾다가 몇 달 전 사두곤 잊어버렸던, 애도에 관한 유명한 책을 책장에서 발견했다. 그녀는 식탁 의자에 앉아서 책을 펼쳐 읽기 시작했다. 그러다 그녀는 반려동물을 잃는 슬픔은 대체가 가능한 슬픔이므로 자신이 반려동물을 잃었기 때문에 남편이나 아내를 잃은 사람의 아픔에 공감할 수 있다고 말하는 사람이 되어선 안 된다고 씌어진 구절을 읽게 됐다. "뭐라고?" 그녀는 책을 덮어버리고 책장 깊숙이 꽂았다. 양치를 하고 잠옷으로 갈아입었다. 그녀는 침대에 누웠다가 다시 일어나 책장 쪽으로 걸어갔다. 그러고는 책을 책장에서 꺼내어 쓰레기통에 버렸다.

그러던 어느 날 잠자리에 들려고 준비를 하고 있는데 전화가 왔다. "이 시간에 누구지?" 물에 젖은 손을 잠옷 바지에 쓱쓱 닦으며 휴대전화를 집어 들었는데, 화면에 유타의 이름이 떠 있었다. 그녀가 전화를 받자마자 수화기 너머에서 유타의 목소리가 쏟아졌다.

"안녕, 잘 지내? 할머니가 돌아가셨어." 슬픔을 억누르는 목소리였다.

"아, 어쩌면 좋아, 유타. 어쩌면 좋아."

그녀의 말과 동시에 유타는 길게 울기 시작했다. 그녀는 식탁 의자에 앉았고, 그가 울음을 그치길 기다렸다. 울면서 "앞으로 나는 어쩌지?"라는 말만 되풀이하던 유타는 잠시 후 "미안해"라고 말하더니, 이야기를 시작했다. "할머니는 조금 전에 편안하게 가셨어. 오늘 아침까지만 해도 내가 말을 하면 눈을 깜박이셨는데, 늦은 오후 즈음부터는 그러질 못하시더라고. 걱정이 되긴 했는데 이미 몇 차례 고비를 넘기셨으니까 오늘 떠날 거라고는 조금도 예감하지 못했어. 그래서 평소처럼 저녁을 먹고 인사를 하려고 할머니 방에 들어갔지. 그런데 갑자기 이상한 느낌이 드는 거야. 그건 아주 조용하고 서늘한 바람이 나를 스치고 지나가는 듯한 느낌이었어. 그래서 알았지. 할머니는 평소와 다름없이 침대에 누워 계셨지만, 이미 돌아가신 상태라는 걸."

그 후로 그들은 매일 밤 통화를 했다. 그녀는 유타가 걱정되었고, 유타에겐 이야기를 들어줄 사람이 필요하다는 걸 알고 있었다. 이튿날 그녀가 유타에게 전화를 걸었을 때 유타는 할머니가 지금 눈앞에 있다고 이야기했다. 그 말을 들었을 때 그녀는 조금 으스스한 기분이었는데, 유타가 너무 슬퍼서 현실을 받아들이지 못하고 있는 건 아닐까 걱정이 되었기 때문이다. 하지만 이야기를 조금 더 나눈 후에 그녀는 유타의 정신이 아주 멀쩡하다는 걸 알게 됐다. 유타의 할머니는 정말로 아직 집에 있었으니까. 유타는 할머니의 시신이 내일 영안실로 간다고 했다. 왕진 의사와 장례업체 사람들이 와서 필요한 조치들을 했고, 부패를 방지하기 위해 시신 주위로 드라이아이스를 놓아두었다고.

이틀 후 그는 전화를 걸어와 할머니가 이제 떠났으며 할머니의 침대 역시 사람들이 가져가버렸다고 말했다.

"괜찮아?"

"아니, 괜찮지 않아. 너무 이상해. 하지만 의사 선생님이 할머니가 무척 편안하게 가셨다고 했어."

그녀는 식탁 의자에 앉아 창밖으로 어둠이 몰려오는 걸 바라보며 유타가 마지막으로 할머니 옷을 고운 기모노로 갈아입혔다고 말하는 것을, 할머니를 화장할 때 함께 보내기 위해 할머니가 평소 좋아하시던 지라시스시와 오하기를 만들 거라고 말하는 것을 들었다.

다음 날, 유타는 어린 시절 섣달그믐날 할머니의 집에 가면 맡을 수 있던 달콤한 밤조림 냄새와 여름 축제에서 할머니의 손을 잡고 보았던 아주 커다란 불꽃에 대해서 현재형의 동사를 써서 이야기를 했다. 그런 추억담을 듣고 있노라면, 소나기가 내리던 어느 여름 개와 살을 맞댄 채 마룻바닥에 누워 낮잠을 잤던 기억이, 보슬비 젖은 낙엽 위를 개와 함께 달리던 해 질 녘의 풍경이 저절로 그녀의 머릿속에 떠올랐다. 씹을 수 없는 할머니를 위해 유타가 매일 먹기 편한 유동식을 만들었다거나 그럼에도 할머니의 몸이 식물처럼 말라갔고 결국엔 통제할 힘을 잃은 육체에서 대변이 저절로 흘러나왔다고 말하는 것을 들을 때는 개와 함께했던 마지막 1년으로 되돌아갔고, 작별할 마음의 준비가 전혀 되어 있지 않아 개에게 충분히 해주지 못했던 많은 일에 대한 후회와 자책이 일었다. 그럴 때면 그녀는 눈을 감고 유타에게 말했다. "너는 정말 잘한 거야."

유타가 장례를 치르고 온 날에는 그녀가 유타에게 물었다. "많이 울었어?" 그러자 유타가 대답했다. "음, 일본에서는 장례식에서 우는 게 정말 예의가 아니야. 울음을 참아야 그게 진정 훌륭한 애도지." 그녀는 놀라서 다시 물었다. "그래서 정말 울지 않았니?" 그러자 유타가 희미한 소리로 웃으면서 말했다. "설마, 엉엉 울어버렸지."

그런 날들이 지나갔다.

며칠 후, 그녀는 늦은 밤 오랜만에 조깅하러 집을 나섰다. 날씨가 좋았고, 주말에 비가 예보되어 있어 만개한 벚꽃을 볼 마지막 날일 것 같다는 생각이 들었기 때문이다. 정말로 한강 둔치에는 벚꽃이 흐드러지게 피어 있었다. 산들바람이 불었고, 바람이 불 때마다 꽃비가 쏟아져 내렸다. 연인들이 손을 잡고 꽃나무 아래서 사진을 찍었다. 자전거도로 쪽 화단에는 색색의 튤립과 노란 수선화가 바람에 잔물결을 이루며 흔들리고 있었다. 사람들이 저마다 개를 데리고 나와 걷는 게 보였다. 개들이 하니스 줄이 팽팽해지도록 빨리 달려가거나 젖은 풀의 냄새를 맡으며 재빠르게 돌아다녔고, 그녀는 이제 그런 걸 봐도 울지 않을 수 있었다.

그녀가 조깅을 마친 뒤 집으로 돌아가려고 천천히 걷는데 휴대전화의 진동이 느껴졌다. 그녀는 유타일 거라는 걸 알았고, 암 밴드에서 전화를 꺼내 받았다.

"오늘은 잘 지냈어? 밥은 좀 먹고?"

"응, 잘 지냈어."

유타는 프랑스어 학원들에 이력서를 넣고 왔다고, 번역 제안서도 써서 출판사에 돌릴 계획이라고 했다.

"참 좋은 생각이네."

그런데 한참 대화를 주고받던 도중 유타가 말했다.

"서울도 그런지 모르겠는데, 오늘 달이 무척 예쁘다. 밖이면 한번 봐봐."

그 말에 그녀가 하늘을 올려다보니 벚나무 가지 사이로 반달이 떠 있었다. 하얗고 깨질 것처럼 투명하게 반짝이는 아름다운 반달이었는데, 그걸 보자 이렇게 아름다운 달을 보았던 또 다른 밤의 기억이 갑자기 먼 곳에서부터 밀려와 그녀를 덮쳤다. 그랬다. 그건 그녀가 마지막 산책이 될 거라고는 꿈에도 상상하지 못한 채 개를 안고 걸으면서 달을 보았던 그 밤의 기억이었다. 마지막 산책을 했던 밤의 빛깔과 온도, 대기 중에 섞여 있던 라일락 냄새가 갑자기 생생하게 되살아났다. 겹벚꽃과 철쭉이 만발해 있던 그 봄밤 그녀의 품에 안겨 있던, 이제 엉덩이뼈가 고스란히 느껴질 정도로 말라버린 천사 같은 개는 모처럼 고개를 빼고 코를 킁킁거렸다.

달빛이 비치고, 벚꽃이 촘촘히 달린 나뭇가지가 실바람에 검은 천 위 새하얀 레이스 리본처럼 흔들렸다. 잔디밭 위로 떨어져 내린 꽃잎들이 은화처럼 빛났다. 고개를 돌려 유람선이 지나가며 강물 위에 그려놓은 물결과 강 너머 칠흑 같은 어둠에 가까스로 구멍을 내고 있는 작은 불빛들을 보는데 사라진 줄 알았던 회한과 슬픔, 상실감이 다시 찾아와 그녀의 가슴을 짓눌렀다.

"여보세요? 듣고 있어?"

"응, 듣고 있어."

말을 이어나가려 했지만 누군가가 목을 조르는 것처럼 목소리가 잘 나오지 않아 그녀는 더 이상 말을 할 수 없었다. 사랑하는 존재가 죽어 이 세상에 없는데, 어떻게 달이 여전히 이렇게 아름다울 수 있는지 그녀는 도무지 이해할 수 없었다. 오직 자신만을 전부라고 믿고 의지했던 개가 지금 어딘가에서 홀로 떨거나 아파하고 있지는 않을지 걱정됐지만, 아무리 걱정을 한들 자신은 더 이상 그 개를 구해줄 수 없는데 무언가를 보고 또다시 아름답다고 느끼기 시작했다는 사실이 너무나도 고통스러워 숨을 참아야만 했다. 삶이 무한한 줄 알았을 때 그녀는 알려고 하지 않았다. 모든 생生에는 끝이 있고, 그 이후에 대해선 인간이 얼마나 무지한지. 얼마나 바보 같은 일인가, 모든 것이 영원할 줄 알았다니. 죽음이 있어 삶에 의미가 생긴다거나, 죽음이 평화를 가져다줄 거라는 말을 살면서 아무 생각 없이 쉽게 내뱉은 적이 한 번이라도 있다면 그건 그녀가 삶에 풋내기이기 때문이었으리라. 그녀는 풍경을 차마 바라볼 수 없어 고개를 숙였다. 바람이 불었고, 그러면 달리느라 뜨거워졌던 그녀의 몸이 식었고, 머리 위로 꽃잎이 툭, 툭 떨어지는 게 느껴졌다. 그러다 그녀는 아주 천천히, 그 밤 보았던 달의 아름다움을 아는 건 그녀와 사랑하는 개뿐이라는 사실을 가까스로 떠올렸다. 둘이서 함께한 그 순간은 오직 둘만의 것이며, 그 무엇도 그들이 공유했던 서로의 온기와 감촉, 그 봄밤의 밀도와 향기만큼은 빼앗아 갈 수 없으리란 사실을. 그것이 그녀에게 아주 조그만 위안이 되었다.

"정말 무슨 일이야. 이야기를 해봐."

수화기 너머에서 유타가 다시 한번 말을 재촉했다. 그녀는 다른 누구도 아닌 지금의 유타에게 자신의 슬픔에 대해서 말해선 안 된다고, 그건 잔인한 일이라고 생각했다. 하지만 그녀는 누군가에게 자신의 마음을 털어놓고 싶은 욕망을 끝까지 억누를 수가 없었다.

"하늘나라에 간 개가 너무 보고 싶어서 그래."

"개를 키우고 있었어? 언제 그렇게 됐는데? 오늘?" 유타가 놀란 투로 말했다.

"아니, 1년 정도 됐어."

그렇게 답해놓고 그녀는 곧바로 후회했다. 어머니와 아버지를 잃고 최근에 유일한 가족인 할머니마저 잃은 유타에게 이런 말을 하는 건 정말 옳지 않은 일이란 걸 알았고, 크나큰 슬픔에 잠겨 있는 유타가 틀림없이 그녀의 슬픔을 대수롭지 않은 것으로 만들어 자신을 다시 더 깊은 고독 속에 빠뜨려버릴 것 또한 알았기 때문에. 하지만 유타는 그녀의 말을 듣고 잠시 침묵하더니 놀랍게도 이렇게 말했다. "사랑하는 존재를 잃은 슬픔은 극복이 안 되지." 아주 부드러운 목소리로. 그녀는 유타가 그 밤 해준 말을 오래도록, 시간이 또다시 아주 많이 흘러 유타와 더 이상 연락을 할 수 없게 된 이후에도 기억했다. 그 봄밤의 모든 것을.

흰

눈과

개

딸은 그에게서 멀찍이 떨어져 걷고 있었다. 한 사람, 아니 두 사람은 거뜬히 들어갈 만큼의 거리라고 그는 속으로 생각했다. 딸이 일부러 그런 정도의 간격을 유지하고 있는 걸 거라고. 그들의 주변에는 눈 밟는 소리만 가득했다. 규칙적이고 단조로운 소리였다. 어쩌다 마주치는 다른 하이커들도 별다른 대화를 나누며 걷는 것 같지는 않았지만 그럼에도 그의 눈에 그들은 각기 연인이나 가족, 친구들처럼 보였다. 걷는 데 집중하느라 말을 하지 않아도 사실은 신뢰와 존중으로 결속되어 있는 관계. 나와 진아는 어떻게 보일까? 그는 눈 쌓인 산을 걷느라 가빠진 숨을 거칠게 몰아쉬며 그런 생각에 잠겼다.

그가 지금 알프스에서 딸과 단둘이 설산을 등반하는 이유는, 8년 전 영국인과 결혼한 후 제네바에 정착해 사는 딸이 그들 부부를 스위스로 초대했기 때문이다. 두 달 전, 딸이 규칙적으로 아내에게 전화를 걸어오는 일요일의 어느 오후—딸은 언제나 아내에게만 전화를 걸었고 아내가 억지로 바꿔줄 때에만 그와 몇 마디를 섞었다—통화를 마친 아내는 아이가 그들 부부를 스위스로 초대하고 싶어 한다고 말했다. "나도?" 그는 놀라서 물었다. "한 번쯤 아버지도 제가 사는 모습을 보러 오셔도 좋잖아요." 딸은 그렇게 말했다고 했다. "꼭, 자기가 오라고, 오라고 했는데 우리가 안 간 것처럼 말하더라니까." 베란다에서 기르는 블루베리 화분에 물을 주러 가다가 말고 아내는 그를 돌아보며 웃었다. "당신도 한 번쯤 가볼 때 됐지, 뭐."

그들은 제네바 시내에 위치한 딸의 집에서 닷새간 머물며 도시를 구경한 후—처음으로 본 도시는 아름다웠고 백조들이 우아하게 떠다니는 호수는 평화로웠다—이틀 전 알프스로 이동했다. 산과 온천을 좋아하는 그들 부부를 위해 알프스에서 스파를 즐길 수 있는 스키 리조트를 예약해둔 것은 딸이었다. 만년설이 쌓인 산 중턱에 늘어선 통나무집 모양의 숙소들. 오늘 오후 예정했던 일정은 딸과 사위가 손녀딸을 데리고 눈썰매를 타러 간 사이 아내와 그는 스파를 즐긴 뒤 낮잠을 자는 것이었다. 하지만 그는 낯선 곳에서 쉽게 잠을 이루지 못하는 성격이었고, 금세 깨버렸다. 숙소는 어린 시절 딸에게 읽어주던 동화책 속의 집처럼 벽과 바닥이 모두 목재로 이루어져 있었다. 검정색 가죽 소파 위에 놓인 양모 담요와 쿠션들. 벽에 걸려 있는 사슴 그림. 그는 담요를 무릎 위에 걸친 채 소파에 앉아 커다란 유리창 너머로 눈 덮인 다른 통나무집 모양의 숙소들을, 소란도 소요도 없는 정적의 세계를 한동안 내다보았고, 그러다 지루해지자 혼자 산책을 할 마음을 먹었다. 그런데 외투를 챙겨 입고 밖으로 나오자마자 숙소로 혼자 돌아오고 있는 딸을 마주쳐 버린 것이다.

"어디 가세요?"

딸이 그에게 직접 말을 건 것은 8년 만에 처음 있는 일이라 그는 놀랐다. 스위스에서 재회한 이후에도 아내나 손녀딸을 통해 말을 간접적으로 전했던 아이였다.

"산책을 좀 하려고……"

그러므로 딸이 입을 가렸던 목도리를 살짝 내리며 "소피와 다니엘은 신이 나서 돌아올 생각을 안 해요"라고 말한 후, 같이 산책을 하지 않겠느냐고 물었을 때 그는 더욱 놀랐다.

"좋지."

그가 엉겁결에 승낙을 해버린 것은 바로 그런 이유였다. 그리고 그 결과, 지금 그는 딸과 단둘이 알프스의 눈길을 어색함 속에서 걷고 있는 중이었다. 처음부터 그와 딸 사이가 이렇게 어긋나 있던 건 물론 아니었다. 8년 전, 그날의 그 일이 있기 전 그들은 어느 부녀지간보다 가까웠다. 그해 여름 느닷없이 직장을 그만두고 산티아고 순례길을 걷겠다고 떠났던 딸이 결혼할 상대를 찾았다고 선언을 하지 않았더라면. 최소한 결혼 상대자를 직접 만나기 전 그에 대한 정보를 미리 언질이라도 주었더라면. 하지만 딸은 그에게 그런 시간적 여유를 전혀 주지 않았다. "엄마보다는 아빠가 절더 잘 이해해줄 거 같아서요." 예비 신랑까지 셋이서만 밖에서 만나자고 따로 약속을 잡으며 딸이 그렇게 말했을 때 그는 얼마나 기뻤던가. 딸과의 특별한 유대, 비밀스러운 공모. 그렇지만 대체 어느 부모가 그런 사윗감을 두 팔 벌려 환영한단 말인가. 외국인인 것도 모자라 입양아인 데다, 맙소사, 마다가스카르 출신이라니!

딸에 대한 그의 사랑은 처음부터 유별난 편이었다. 딸이 태어났던 그해, 그는 그때를 인생에서 가장 행복한 한 해로 지금껏 기억했다. 당시 그의 가족은 도심에서 멀리 떨어진 지역에 살고 있었다. 지금이야 알아볼 수 없을 만큼 많이 개발되어 있지만, 그즈음에는 교통편이 좋지 않은 변두리였던 터라 그는 퇴근하고 집에 돌아올 때마다 지하철역에서 내려 30분쯤을 걸어야만 했다. "매일 걷느라 피곤하지?" 집에 도착하면 아내가 걱정스럽게 묻곤 했지만 사실 그는 지하철역에서부터 집까지 걸어가는 그 시간을 좋아했다. 천변을 따라 걷는 그의 시선을 사로잡던 물의 일렁임. 천변가에 늘어선 식당 어디선가 풍겨 오던 통닭구이 냄새. 날이 따뜻해지면 사람들은 식당 밖에 플라스틱 테이블을 꺼내놓고 앉아 막걸리와 빈대떡 같은 걸 시켜 먹곤 했다. 그럴 때마다 들려오던 왁자한 웃음소리를 그는 얼마나 좋아했던가. 때로는 술에 취한 사람들 사이에 고성이나 욕설이 오갈 때도 있었지만, 대부분의 경우 그의 눈에 사람들은 흥겨워 보였다. 오랜 세월이 지난 후에도 여전히 그는 그 풍경을 떠올리면 저절로 미소가 지어졌는데, 그 당시 그를 한없이 너그럽게 만들었던 것은 돌아갈 집이 있다는 사실이었다는 걸 그는 이제 알았다.

그가 살던 집은 13평형의 주공 아파트였다. 엘리베이터도 없는 5층 건물로, 복도식이라 한 층에 여섯 가구씩이 나란히 살던. 겨울이면 매일 밤 아궁이의 연탄을 갈아야 했고 봄이면 단지 한쪽의 쓰레기 소각장 위로 철쭉이 돋아나던 그 아파트에서 딸이 생겼고, 아이가 일곱 살이 될 때까지 살

왔다. 처갓집에서 산후조리하던 아내와 딸을 데리고 집으로 돌아왔던 날에도 눈이 내렸다. 은퇴한 이후인 지금도 그는 그날의 풍경을 기억했다. 택시 안에서 보았던 거리마다 평평하게 쌓여 있던 새하얀 눈. 눈은, 바람에 크게 흩날리지 않고 고요히, 동시에 천천히, 캄캄한 하늘에서 지상으로 내려왔다. 품에 안은 아이는 너무나도 자그마했고, 신생아답지 않게 머리숱이 많던 아이의 정수리에서는 달콤한 분유향이 났다. 그는 딸과 함께 집에서 살기 시작한 이후, 야근이나 회식이 없는 밤에는 언제나 들통에 물을 끓여 화장실로 가져다주었고, 아내가 아이 목욕이 다 끝났다고 소리를 지르면 화장실로 들어가 거품이 남아 있는 고무 대야를 헹구었다. 그것은 그에게 하루를 행복하게 끝맺는 하나의 의식이었다. 목욕해 개운해진 얼굴로 눈을 감은 채 방싯방싯 미소를 짓다가도 느닷없이 요란하게 울음을 터뜨리던 아이. 울음을 터뜨리기 직전, 곧 벌어질 사태에 대해 마음의 준비를 하라는 듯 경고등처럼 붉게 달아오르던 아이의 통통한 두 뺨과 이마 같은 것이 그는 사랑스러워 견딜 수가 없었다.

진아가 그의 첫아이는 아니었다. 하지만 그는 마치 처음인 것처럼 아이의 모든 변화에 감격했다. 첫번째 트림, 첫번째 딸꾹질, 솜털처럼 돋아나던 속눈썹과 황홀한 듯 모빌을 바라보던 눈빛 같은 것들. 첫아이인 진수가 태어났을 무렵엔 주말부부로 떨어져 지냈기 때문이었을까? 주말부부 생활을 끝내고 가족과 매일같이 붙어 살게 되었을 때, 아들은 이미 네 살이었고, 너무 커버린 아이의 존재는 그에게 낯설었다. 둘 사이의 거리감. 아들은 언제나 두고두고 아버지가 진아보다 자신을 덜 사랑한다고 말했지만 그것은 결코 사실이 아니었다. 그는 아들과 딸을 공평히 사랑했고, 이는 의심의 여지가 없었다. 하지만 둘 사이에 존재하는 거리감은 끝내 좁혀지지 않았고, 그 사실은 주머니 속의 바늘처럼 이따금씩 그를 찔렀다.

어쩌면 둘째 아이가 딸이기 때문에 달랐던 것일지도 몰랐다. 아니면 그를 빼닮았기 때문에. "완전 형부 판박이예요." 아이가 태어났을 때, 산부인과로 아이를 보러 온 처제들은 그렇게 말했다. 아닌 게 아니라, 아이의 외모는 처갓집 식구들을 서운하게 할 만큼 모든 면에서 그를 닮았다. 갸름한 얼굴형부터 미간의 넓은 간격이나 새끼발가락의 휘어진 모양까지. "진아 아빠시죠?" 아이가 유치원에 입학한 이후에는 단지 내를 걷다 보면 그에게 다가와 인사를 하는 사람들이 생겼다. 눈에 넣어도 안 아픈 아이. 그 탓일까? 아이 역시 엄마보다 아빠를 더 잘 따랐던 것은. 그는 일요일마다, 아내가 큰아이를 돌보는 사이 작은아이를 데리고 분홍 고래나 연노랑 비행기를 색종이로 접었고, 동네 뒷산을 산책했으며, 볕이 좋은 오후에는 아이를 배 위에 올려놓고 낮잠을 잤다. 알코올중독에 도박 중독인 아버지로 인해 불화가 끊이지 않던 가난한 집의 늦둥이로 태어난 탓인지, 외로움을 많이 타고 단란한 가정을 이루길 일찍부터 갈망해온 그에게 딸은 꿈을 완성해줄 마지막 퍼즐 조각이나 마찬가지였다. 그래서 그는 딸이 태어난 이후 더욱더 열심히 가족을 위해 헌신했다. 청춘을 희생해 아내와 아이들을 위해 돈을 버는 것. 그것은 지독히도 가난한 어린 시절을 보냈던 그가 사랑을 베푸는 방식이었다.

하지만 그는 이제 은퇴를 했고, 자식들은 다 커서 모두 그의 곁에서 멀어졌다. 그리고 그는 지금 딸과, 곁에 있는 것이 고역인데 의무라 어쩔 수 없는 사람들처럼 행동하며 걷고 있었다. 아내가 같이 있었으면 좀 나았을 거라고, 그것은 틀림없는 사실이라고, 그는 생각했다. 하지만 아내는 여전히 자고 있을 거였다. 아내는 어디서든 잘 잤다. 아내는 예민한 구석이 별로 없었고, 자신의 것이든 남의 것이든 감정을 들여다보는 법이 없었다. 어떤 영화나 공연을 보러 가도 감상을 먼저 이야기하는 법은 더더욱 없었다. 딱 한 번, 올림픽 중계방송을 보다가 눈물을 글썽인 적은 있었다. 태극기

가 높이 올라가던 순간이었는데, 대체 왜 울었냐는 그의 질
문에 아내는 끝내 자신의 감정을 설명하지 못했다. 다른 사
람들은 답답해할지 모르는 아내의 그런 면을 어쨌든 그는
좋아했다. 안정감을 주었으니까. 아내는 그와 달리 생활력
이 강했고 쉽게 좌절하거나 동요하지 않았다. 그런 성격이
아니었다면 아내는 그토록 가난한 집안으로 시집와 서울
한복판에 아파트를 살 만큼 돈을 모으지도, 오랫동안 치매
를 앓는 노모를 돌보지도 못했을 것이다. 그런 아내가 그의
곁에 없었다면 야망도 야심도 딱히 없는 그가 임원을 할 때
까지 직장에 버티고 있지도 못했을 것이다.

　하지만 그는 어떤 것들은 끝내 아내와 공유할 수 없으리
란 것 또한 알았다. 예를 들면, 그가 왜 툭하면 회사를 그만
두고 싶은 충동에 차를 몰고 한강으로 달려갔는지. 인사 팀
내에서 특별한 신망을 얻은 결과로 누군가의 해고 여부를
판단하는 의사 결정자가 된 이후 그는 죄책감에 줄곧 시달
렸고, 그의 의사 결정으로 퇴사한 사람의 협박 전화를 받을
때면 견딜 수가 없었다. 그는 아내에게 모든 경제권을 주었
지만 탈세와 투기만은 결코 하지 말 것을 당부했는데, 그것
이 자신의 부를 축적하는 대가로 자르는 데 동의한 사람들
에 대한 최소한의 도리라고 생각했다. 매해 일정 금액의 돈
을 기부하고, 자신의 이익에 반하는 정책을 펴더라도 중도

정당에 투표하는 것. 아내는 그를 사랑했지만, 아내 눈에는 무관해 보이는 것들을 연결 지어 생각하는 그의 마음을 끝내 이해하지는 못했다. 생각이 많고 쉽게 감상에 빠지는 그를 이해해주는 것은 언제나 아내가 아니라, 하나뿐인 딸이었다.

우리는 같은 유의 사람이니까. 그는 리조트 한쪽의 기념품 숍을 지나면서 그렇게 생각했다. 그걸 그가 처음으로 알아챈 것은 딸을 이불장 안에서 처음 발견한 날이었다. 어린 시절 아이는 구석진 곳에 숨어 있는 것을 좋아했다. 책상 아래, 미끄럼틀 뒤, 경비실과 자전거 거치대 사이의 후미진 틈새까지. 아이가 보이지 않을 때마다 그는 얼마나 무서웠던가. 이미 아이의 장난에 익숙해질 대로 익숙해진 아내는 "당신이 자꾸 그렇게 열심히 찾으니까 애가 더 재미있어서 그러는 거잖아" 하고 그를 나무랐다. 그 역시 아이가 정말 사라지지 않으리라는 건 알고 있었다. 하지만 아무도 없는 구석진 자리를 자꾸만 찾아가는 아이를 보면 이불장 안에서 처음 발견했을 때의 표정이 떠올라 견딜 수가 없었다. 그는 그 눈빛을 알고 있었다. 생각이 너무 많은 아이의 눈빛. 언제 어디서든 자기가 있는 곳을 자기 자리로 느끼지 못하는 이의. 누구와 함께 있든, 있어서는 안 될 곳에 침입한 사람같이 고독해지던 그 마음은 그에게 너무 익숙한 것이었고, 그는 사랑하는 아이만큼은 그런 마음을 영원히 모르길 바랐다. 그 후로 그는 아이가 사람들 속에서 떠들고 있다가 갑자기 말없이 허공을 응시하는 걸 발견할 때면 불안한 마음을 주체할 수가 없었다. 그는 아이가 혼자만의 세계에 갇혀 있지 않고 세상과 교류하기를 바랐다. 지구의 반대편으로 와서 살기까지를 바랐던 것은 아니었지만.

아마 그 탓이었을 것이다. 딸이 그와의 관계를 회복하려고 노력하기는커녕 그의 반대를 무릅쓰고 결혼을 강행한 뒤 스위스로 떠나버렸을 때 그가 그토록 큰 배신감을 느낀 이유는. 이어지는 두 계절을 나는 동안 그가 딸이 나오는 꿈을 꾸지 않는 날은 하루도 없었다. 딸을 마주 보고는 하지 못한 말을 전하기 위해 대신 꿈을 꾸는 셈이나 마찬가지였다. 꿈속에서 딸은 때때로 예전의 상냥한 미소를 짓기도 했지만 대부분의 경우, 그 여름 그에게 그랬던 것처럼 얼굴을 찡그리며 "아빠는 위선자예요"라는 말을 차갑게 내뱉었다. 아내는 딸과의 일을 털어버리지 못하는 그를 안타깝게 생각하며 이젠 잊어버리라고 했지만, 그는 쉽게 그럴 수가 없었다. 그는 그날 심장을 얼어붙게 만들던 딸의 목소리를, 그 말을 하는 동안 미세하게 떨리던 얼굴의 근육을 전부 다 기억하고 있었다. 그런 꿈을 꾸고 난 밤이면, 그는 파리한 어둠 속에서 소스라치듯 일어나 억울하고 답답한 마음을 가눌 길이 없어 고통스러웠는데, 그를 배신한 것이 공부를 잘해야 한다고, 취직을 해야 한다고 매번 다그쳤던 아들과 달리 하고 싶은 것은 죄다 하게 해주며 오냐오냐 키운 딸이었기 때문에 더욱 그랬다.

처음 몇 달 동안 그는 억울하고—아무리 생각해도 위선자라는 말을 듣게끔 살지는 않았다!—무엇보다 어떻게 이런 일이 일어났는지 이해할 수 없었으므로 화병이 날 지경이었다. 그러다 시간이 흐르면서 그는 그런 상황에 차차 적응했다. 마치 안쪽으로 깊이 곪은 상처의 겉면을 붕대로 감아 압박한 듯한 상태였다. 그러는 사이 그는 은퇴를 했고, 딸은 아이를 낳았다. 아이를 낳은 직후, 딸은 산후조리를 도와줄 수 있겠냐며 콕 집어 아내만을 스위스로 와달라고 했다. 두 번 정도 손녀딸을 데리고 한국에 방문하긴 했지만—당연하게도 손녀딸은 혼혈아인데, 아이에게서 딸의 흔적을 맹렬히 찾으려 할 때마다 그는 딸의 얼음 같던 눈빛이 떠올라 소스라치게 놀랐다—그와 딸의 관계는 여전히 물과 기름처럼 겉돌았다. 아이는 영영 나와 인연을 끊으려는 걸까? 먼저 말을 걸 생각을 하지도, 관계를 개선해볼 엄두를 내지도 못하면서, 그는 이따금씩 자문했다.

나이를 먹는 탓인가? 처음엔 배신감과 분노로만 터질 듯

했던 가슴속 덩어리가 조금씩 공기가 빠지듯, 쪼그라들어 갔다. 쪼그라들면서 생겨난 빈자리에는 바람이 통과할 것 같은 구멍만이 남았다.

그에게는 집도 차도 아내도 있었고, 경기도권의 신도시에 사는 아들 내외와 손주들도 있었지만 무언가가 틀림없이 결여되어 있었다. 그 구멍은 갈수록 커졌다. 손을 쑥 밀어 넣을수록 자꾸자꾸 커지는 어둠. 깊이를 알 수 없는 버려진 동굴.

이제 리조트 지구를 벗어난 그들은 비탈을 따라 내려가기 시작했다. 딸은 베이지색 목도리를 칭칭 동여맨 채 털모자까지 눌러쓰고 있었는데 그 탓인지 옆모습이 낯설었다. 왜 나와 같이 걷자고 한 걸까? 그는 이것이 좋은 사인인지 아닌지 정말로 알 수가 없었다. 스위스로 초대한 것이 사과하겠다는 신호가 아닐까 하는 기대를 품고 환승까지 해가며 스위스에 와주었건만 지난 일주일 동안 딸에게선 어떠한 기색도 없었다. 그럼에도 바람은 솔솔 불어왔고, 따사로운 볕이 설산 위로 쏟아졌고, 주위엔 평화로운 적요가 흘러넘쳤다. 눈에 닿는 자리마다 반사되는 빛. 거울을 매단 듯 반짝이는 지붕들. 아무도 딛지 않은 듯한 순백의 눈 위를 걷는 동안, 그의 마음은 오래전 딸과 둘이 산길을 걷던 시절로 저절로 흘러갔는데, 그러자 뜻밖의 기쁨이 그의 마음속에 번져갔다. 딸과 이렇게 나란히 걷는 것이 얼마만의 일인가? 갈래머리를 한 채 단풍잎을 줍겠다고 팔랑거리며 앞장서 걷던 여자아이. 주위에는 구름인지 안개인지 모를 우윳빛 물결이 감돌았다. 크림처럼 부드러운 대기.

"아빠랑 이렇게 걸으니 예전 생각이 나요."

한 발자국 정도 뒤에서 걷던 딸이 조금은 의도적인 것 같은 크고 명랑한 목소리로 말했다.

"언제 말이냐. 같이 동네 뒷산 등산하던 때?"

"네, 아빠도 그때 생각하고 계셨어요?"

딸은 순수하게 기쁜 듯 물었고, 밝고 높은 딸의 목소리가 이번엔 진심처럼 들렸다.

"그래, 나도 그때를 생각하고 있었어."

"오빠는 요즘도 그렇게 산을 싫어할까? 오빠는 이런 데 놀러 오라고 했으면 숙소비를 내가 다 낸다 해도 싫다 했을 거예요. 운동을 너무 싫어하고 술만 마시니 건강이 걱정이에요." 딸이 웃었다.

눈이 한 송이씩 고요히 내리기 시작했다. 하늘하늘, 가볍게. 저 멀리 은빛 투구를 쓴 병사들처럼 우아하게 서 있는 검은 전나무들이 보였다. 구름 사이로 뻗어 나온 연한 햇살이 눈밭에 부드러운 무늬를 그리다 사방으로 흩어졌고, 투명한 눈송이들이 바람에 깃털처럼 떠다녔고, 그들은 치즈 냄새를 풍기는 퐁뒤 가게와 핫초콜릿 냄새를 풍기는 작은 카페를 지나쳤다. 커다란 개와 함께 눈길을 걷는 사람들, 스키나 썰매 장비를 들고 걷는 젊은이들은 그들을 마주치면 다정하게 눈인사를 건넸다. 그런데 드문드문 있던 상점들이 더 이상 보이지 않자 비탈은 조금 가팔라졌다. 갑자기 그들 뒤로 들려오는 요란한 소리에 놀라 그가 황급히 옆으로 피하니 젊은 백인 남자와 커다란 개 한 마리가 "Sorry"라고 외치고는 그가 느릿느릿 걷던 길을 추월해 비탈을 놀라운 속도로 달려 내려갔다.

"괜찮으세요?" 딸이 놀란 듯 물었다.

"괜찮다."

딸은 이제 돌아가는 게 좋겠다고 말했고, 그 역시 동의했다. 그들은 왔던 길을 되돌아가기 시작했다. 그는 비탈을 오를수록 앞이 잘 보이지 않는다는 기분에 사로잡혔는데, 안개인지 구름인지 알 수 없던 것은 기분 탓이 아니라 정말로 조금씩 더 짙어지고 있었다. 그는 날씨가 변덕을 부리는 게 아니길 바랐다. 이렇게 높은 산속에서는 조금 전까지 맑았던 하늘도 갑자기 구름이 낄 수 있다는 걸 그는 잊고 있었다. 하지만 몇 분 걷지 않아 그는 그의 걱정이 늙은이의 기

우가 아니었음을 확인했다. 눈발은 이제 굵어졌고, 바람이
불기 시작했으며, 옆에 서 있는 딸의 얼굴조차 분간이 되지
않았다.

젊었다면 겁이 나지는 않았을 거였다. 그들은 사실 리조
트 지구에서 멀리 떨어지지 않았고, 조금만 올라가면 카페
와 상점들이 나올 거라는 걸 알았으니까. 하지만 그는 쇠약
해진 자신의 팔과 다리를 떠올렸고, 무슨 일이 생겨도 딸을
도울 수 없다는 사실에, 돕기는커녕 아이의 짐이 될 수 있다
는 사실에 두려워졌다.

"걸을 만하냐?" 그가 물었다.

"그럼요. 아빠는요?"

딸은 힘든 기색을 전혀 내비치지 않았지만, 겁을 먹었을
것이 틀림없었다. 겁이 많은 아이니까. 그처럼 신중하고, 무
언가를 시작하기 전에 몸을 사리는 아이니까. 넘어지지 않
기 위해 다리에 힘을 주며 걷는데, 딸이 갑자기 발걸음을 멈
췄다. 그가 걱정스러운 눈으로 아이를 바라보았다. "아빠!"
아이가 그의 팔을 붙잡았다. "저기 휴게소가 있어요!"

휴게소 안은 갑작스럽게 내리는 눈을 피하려는 사람들과
커다란 개들로 북적였다. 포도주를 끓이는 시큼한 냄새, 치
즈를 익히는 냄새를 맡자 그는 허기가 느껴졌다. 딸은 그를

창가 옆 빈자리에 앉혔고, 따뜻한 먹을거리를 사 오겠다고 말하더니 휴게소 안쪽으로 사라졌다.

창밖에는 이제 눈보라가 치고 있었다. 문득 자다 깬 아내가 걱정하고 있지 않을까 하는 생각이 들었고, 메모라도 해놓고 나올걸, 하고 그는 잠시 후회했다. 소피는 애 아빠가 잘 데리고 돌아갔겠지?

눈보라가 몰아치는 풍경을 보고 있자니 아는 사람이 딸뿐인 낯선 곳에 단둘이 있다는 것이 실감 났다. 혼자였으면 어쩔 뻔했을까. 의지할 사람은 서로뿐이라는 걸 깨닫자 딸에게 매정하게 굴었던 지난 세월이 갑작스럽게 후회가 되었다. 문이 열리면서 눈보라를 피하는 또 다른 여행객들이 개를 데리고 휴게소 안으로 들어왔다.

팔십대쯤 되어 보이는 백발의 커플이었는데, 그들 역시 다른 많은 사람처럼 커다란 검은 개 한 마리를 데리고 들어오는 중이었다. 그들은 휴게소에 들어오자마자 서로의 어깨와 머리에 묻은 눈을 털어주었다. 그 뒤로 쟁반을 들고 오는 딸의 모습이 보였다.

딸이 쟁반에 핫도그와 뜨겁게 데운 포도주를 받쳐 들고 돌아와 그의 맞은편에 앉았다.

"다니엘이 엄마한테 연락해봤는데, 그쪽은 눈이 전혀 안 왔대요."

"다행이구나."

"뱅쇼와 쉬앵쇼예요. 쉬앵쇼라는 말은 처음 들었어요."

테이블 위에 놓인 핫도그와 뜨겁게 끓인 포도주를 가리키며 딸이 웃었다.

"쉬앵쇼?"

그가 무슨 말이냐는 눈빛으로 딸을 바라보았다.

"뜨거운 개. 핫도그를 직역했나 본데, 어째 좀 그로테스크하죠?" 딸이 웃으면서 말했다.

"뜨거운 개? 세상에. 한국인이 주문했다니, 뭔가 더 블랙코미디 같구나."

그들은 마주 보며 장난꾸러기처럼 웃었다. 그들이 이렇게 같이 서로를 보며 순수하게 웃은 것은 정말 오랜만의 일이었고, 웃을 때 부드럽게 눈가에 접히는 딸의 주름을 보자 그는 딱딱하게 굳어 있던 마음의 일부가 따뜻한 액체가 되어 녹아내리는 걸 느꼈다.

"그나저나 여행 내내 느꼈지만 이 나라는 정말 개들의 천국이구나."

아닌 게 아니라 휴게소 안의 3분의 1을 차지하는 것은 개들이었다. 그것도 시추나 푸들 같은 소형견이 아니라 알래스칸맬러뮤트나 보더콜리 같은 커다란 개들. 그들은 여행하는 내내 수없이 많은 개를 보았다. 스위스에서 개들은 식당이며 카페며 어디라도 입장이 되는 모양이었는데, 놀라운 것은 그 개들이 실내에서 함부로 뛰거나 사고를 치지 않는다는 점이었다.

"이 나라에선 개를 입양하려면 누구나 훈련하는 법을 교육받아야 하거든요. 그래서인지 개들이 사고를 치는 법도 없고 실내에서도 저렇게 얌전히 엎드려 가만히 있어요."

아이가 '입양'이라는 단어를 아무렇지 않게 꺼내 그는 순간적으로 당황했다. 딸은 그의 당혹감을 눈치채지 못한 듯, 뱅쇼를 한 모금 마시며 옆 테이블에 엎드려 있는 개를 눈짓으로 가리켰다. 애정과 훈련. 딸은 그렇게 말했다.

하지만 아무리 훈련을 받더라도 어떻게 이게 가능하지? 그는 신기한 눈으로 각 테이블 옆 바닥에 얌전하게 엎드려 있는 커다란 개들을 보았다. 조금 전에 본 백발 커플의 개는 문과 가까운 테이블 바닥에 엎드려 있었는데, 아직 어려 훈련이 덜된 건지 에너지가 넘치는 건지 다른 개가 지나갈 때마다 꼬리를 흔들거나 장난치고 싶다는 듯 몸을 달싹거렸다. 귀여워라. 그는 즐거운 마음으로 그들의 검은 개를 바라보았다. 개가 답답한지 몸을 일으키려고 하면 노부인이 손짓으로 개를 나무라고, 그러면 개가 곧 시무룩해져 다시 바닥에 엎드리는 모습을.

"아빠 개를 그렇게 좋아하시면서 왜 개 키우는 건 그렇게 반대하셨어요, 어렸을 때?"

"헤어지는 게 얼마나 괴로운지 아니까."

딸은 고개를 끄덕이더니 잠시 후, 대수롭지 않은 말투로 덧붙였다.

"그렇지만 사실 전 제가 직접 겪어보고 알고 싶었어요."

나를 원망하는 걸까? 그는 창밖을 내다보는 딸의 옆얼굴을 보면서 가슴속을 찌르는 따끔한 고통을 느꼈다. 아이가 언제부터 나를 미워하기 시작한 걸까? 딸이 사실은 아주 오래전부터 그를 재단하고 곡해했을지도 모른다는 생각이 들자 이번에는 분노가 아니라 슬픔이 그의 가슴 깊은 곳에서부터 솟아올랐다. 그리고 잠시 후 딸이 뜻밖의 일격을 가하는 복서처럼 물었다.

"그 사람 괜찮죠?"

그는 놀라서 개에게로 향하던 시선을 돌려 딸을 보았는데, 언뜻 딸의 두 눈에는 불안이 비치는 것도 같았다.

"너한테 잘하더구나."

그는 잠시 고민하다가 대답했다. 그러자 딸은 사위가 얼마나 자상한 남편인지, 얼마나 자신을 행복하게 만들어주는지를 이야기하기 시작했다. 사위가 주말마다 요리를 하고 이틀에 한 번씩 청소를 하며, 딸이 다리를 다쳐 깁스를 했을 때는 머리를 감겨주고 발을 닦아주기까지 했다는 이야기.

사람은 대체 어째서 이토록 타인의 인정을 애타게 갈구하는 존재인 걸까?

딸은 이번에는 사위가 소피에게 다정한 아빠라고도 말했다. 사위는 매일 밤 아이의 이를 닦아주었으며, 당근을 싫어하는 아이를 위해 당근이 보이지 않게 갈아 넣은 케이크를 만들어주기도 했다. 그는 더 듣지 않아도 딸이 듣고 싶어 하는 말이 무엇인지를 알았다. 딸에게 결혼을 아주 잘했다고 말하면, 세상이 무너지기라도 한단 말인가? 하지만 그 말은 차마 입 밖에 나오지 않았다. 그건 자신이 틀렸다는 걸 인정하라는 소리나 마찬가지였고, 그는 자신이 틀렸다고는 결코 생각하지 않았다.

"아빠는 끝내 그 사람과 결혼하길 잘했다고는 안 해주시네요."

창틈으로 바람이 들어오는지 갑자기 한기가 느껴졌다. 그는 고개를 들어 건너편의 딸을 보았다. 조금 전까지 생기 있어 보이던 딸의 얼굴은 갑자기 피로해 보였고, 메말라 각질이 일어난 입술이 눈에 띄었다.

"아빠는 아직도 못마땅하신 거죠?" 딸은 그가 뭐라고 하기도 전에 덧붙였다. "아니에요. 신경 쓰지 마세요."

그리고 동시에 그는 또 한 가지를 깨달아버렸다. 딸은 그에게 사과를 하기 위해 기회를 엿보고 있던 것이 아니라, 그가 사과를 해주길 기다리고 있었던 것이다. 하지만 무엇을? 그들의 관계가 틀어진 계기를 제공한 것도, 그의 화가 풀어지기를 기다리지 않고 결혼을 감행해 떠난 것도, 무엇보다 그에게 상처가 된 그 말을 한 것도 딸이었는데. 분노인지 슬픔인지 알 수 없는 무언가가 덩어리를 이뤄 그의 목을 틀어막았다.

"넌 결국 내가 틀렸단 걸 보여주려고 8년 만에 굳이 나를 여기로 부른 거구나."

가까스로 그 덩어리를 목 안쪽으로 밀어 넣었을 때, 그가 내뱉은 말은 그런 것이었다.

"그런 거 아니에요."

딸의 목소리는 지친 것처럼 들렸다.

"아니긴 뭐가 아냐. 지금 들어보니 너는 내가 틀렸고 여전히 위선자일 뿐이라고 말하기 위해 나를 여기까지 불렀던 건데."

"아니라고 했잖아요." 그리고 딸은 느리게 말을 덧붙였다.

"전 아빠랑 화해를 하고 싶었을 뿐이에요."

'화해'라는 단어를 듣는데 지금껏 참았던 분노가 그의 마음 깊은 곳에서부터 끓어올랐다. 사과를 하거나 용서를 구하는 것이 아니라, 화해를 한다니. 딸은 여전히 잘못한 사람이 그라고 생각하고 있었고, 그것이 이젠 확실해졌고, 그러

130

자 머리가 어지러울 정도로 화가 치밀어 올랐다.

"일주일 내내 말도 안 거는 게 화해하려는 사람의 태도란 말이냐?"

그가 가까스로 감정을 억누르며 말했다.

"그건 아빠도 마찬가지셨잖아요. 나랑 눈도 안 마주치고 다니엘한테는 말도 안 거는데, 내가 뭘 할 수 있었겠어요? 아빠야말로 여기까지 왜 오셨어요? 제가 얼마나 못 사나, 아빠 생각이 얼마나 맞았나, 확인하러 오신 거예요?"

딸의 목소리가 떨리기 시작했다. 즐거운 일이라도 있는지, 그들에게서 멀리 떨어진 테이블에 앉은 젊은 외국인들이 그가 알아들을 수 없는 언어로 환호성을 지르며 박수를 치기 시작했다.

"말도 안 통하는데 무슨 말을 어떻게 할 수 있겠냐?"

그가 침착한 톤을 유지하려 애쓰며 물었다.

"엄마는 아빠보다 영어를 더 못하지만 말도 걸고 장난도 치잖아요."

그건 사실이었다. 아내는, 사위를 '단 서방'이라 부르며 한국어와 짧은 영어를 섞어가며 농담을 하곤 했다. 아내가 그와 딸 사이에서 노력하고 있다는 걸 그 역시도 알았다. 하지만 딸은 몰랐다. "당신이 그렇게 아이랑 사이가 틀어져버리니까, 난 싫은 티를 낼 수도 없잖아." 아내가 오래전 지나가

듯 그렇게 말했다는 걸.

"저는 아빠를 비난하려고 부른 게 아니에요. 보고 싶어서 와달라고 한 거예요."

한참 후, 딸이 체념한 듯한 목소리로 말했다.

"보고 싶었다고?"

"네, 어떻게 사는지도 보여드리고 싶었고요. 그래요, 아빠 말대로 제가 잘 사는 걸 보여드리고 싶었어요. 안심시켜드리고 싶었으니까요. 이젠 걱정 안 하셔도 된다고요."

딸은 곧이라도 울음을 터뜨릴 것 같았다.

"아빠가 나한테 모처럼 기대란 걸 갖고 있었는데, 내가 그마저 저버렸으니까, 그걸 만회하고 싶었어요."

"그건 또 뭔 소리냐?"

어디선가 개들이 컹, 컹 짖었다.

"아빤 옛날부터 오빠한테 갖는 것만큼의 기대치를 저한테는 갖지 않았잖아요. 나는 그냥 중간만 가면 되는 애, 그래서 아빠를 실망시킬 일도 없던 애. 아빠는 내가 모를 줄 알았어요?"

어느새 코끝이 빨개진 딸이 자조적으로 웃었다.

"아무튼 저는 이젠 이렇게 좋은 집에, 아이도 낳고 잘 살고 있다고 보여드리면 아빠가 조금은 마음이 풀릴 거라고 생각했어요. 아빠 얘기를 들어보니 다 잘못 생각한 거 같지만."

"내가 너한테 기대를 안 했다고?"

그는 머릿속이 뒤죽박죽해지기 시작했다.

"늘 그랬잖아요. 아빠가 오빠랑 나를 대하는 게 다르단 건 누구나 다 알아요."

누구나 다 안다고? 대체 누가 다 안다는 말인가? 아들이 그렇게 말하는 건 알고 있었다. 아버지는 언제나 진아를 더 끼고돌잖아요. 아버지는 언제나 저만 다그치잖아요. 하지만 지금 그에게 그렇게 말하는 건 아들이 아니었다.

"이제 됐어요. 언제나 나만 아빠를 일방적으로 좋아했던 거죠. 아빠의 기대를 충족하지 못하는 자식이라고 생각하며 사는 것도 이젠 지쳐요. 이제는 안 할 거예요."

딸은 흥분이 가라앉은 듯, 침착하고 차가운 목소리로 말했다. 그리고 딸이 덧붙였다.

"이젠 정말 됐어요."

그날 저녁 낮에 있었던 일을 전해 들은 아내는 그를 나무랐다. "여보, 이젠 제발 그만 좀 해."

그는 아내까지 자신의 편을 들어주지 않을 거라고는 생각하지 못했는데, 누구에게도 이해받지 못한다는 건 서러운 일이었다. 그는 다음 날부터 대부분의 시간을 혼자 보내기로 결심했다. 여행 일정은 일주일이 더 남아 있었고, 그

며칠 사이에 딸이나 아내와 더 이상 부딪치고 싶지 않았기 때문이었다. 그를 제외한 남은 식구들은 모두 행복한 듯 보였다. 저녁 식사를 마친 뒤 나머지 식구들은 둘러앉아 보드게임을 하거나—"할아버지도 와!"—오렌지나 푸딩을 먹으며 웃었다. 혼자인 사람은 그뿐이었다. 그는 외로웠고 화가 났는데, 그가 외롭고 화가 났다는 사실에 관심을 갖는 사람조차 없는 것 같았고, 서글퍼졌다.

이튿날부터 그는 다른 식구들과 마주치지 않으려고 혼자 아침을 먹은 뒤 옷을 챙겨 입고 밖으로 나가기 시작했다. 다행히 날씨가 나쁘지 않아서 먼 곳까지 산책을 할 수 있었다. 뺨에 닿는 공기는 에일 듯 차가웠고, 어디선가 새들이 구슬피 우는 소리만 들려왔고, 며칠 전 그들을 싣고 온 산악 열차는 자꾸만 저 멀리로 사라져갔다. 숙소에 돌아와 점심을 먹고 난 이후에는 오전에 갔던 길과 반대쪽으로 향했고, 이번엔 더 크게 한 바퀴를 돌았다. 사방은 시간이 멈춘 것처럼 고요했다. 눈은 통나무 숙소들의 지붕과 낮은 울타리는 물론 보이는 모든 곳에 켜켜이 쌓여 있었다. 그리고 영원히 녹지 않을 것처럼 그렇게 끝도 없이 펼쳐진 눈 속을 홀로 산책하노라면, 그의 머릿속에 가장 많이 떠오르는 것은 아이의 표정이었다. "이젠 정말 됐어요" 하던 아이의 표정. 8년 전, "아빠는 위선자예요"라고 말하던 아이의 표정. 나는 아이를 향해 어떤 표정을 짓고 있었을까. 그는 딸이 구김살 없이, 사랑만 받고 자란 사람을 만나 고생 안 하고 행복하게 살기를 원할 뿐이었다. 하지만 아무도 없는 전나무 숲을 무거워진 발걸음으로 걷고 또 걷다 보면, 어쩌면 스스로조차 그렇게 속이려는 자신이 사실은 정말 위선자일지도 모른다는 생각이 그를 찾아왔고, 그러면 그는 참을 수 없이 수치스러워졌다.

산책을 하다 피곤해지면 그는 딸과 함께 눈보라를 피해 찾았던 휴게소에 잠시 들러 커피를 마시기도 했다. 눈보라가 치던 날에는 미처 알아보지 못했는데, 휴게소에서 멀지 않은 곳에 또 다른 리조트가 있었다. 날마다 비슷한 시간에 휴게소에 가서 앉아 있던 그는 그곳을 찾은 지 사흘째가 되자, 그뿐 아니라 많은 사람—아마도 근처 리조트에 숙박하는 사람들—이 규칙적으로 비슷한 시간대에 휴게소에 들러 무언가를 사 먹고 간다는 걸 알아챘다. 눈에 익기 시작한 사람 중에는 딸과 휴게소에서 보았던 그 노인 커플도 있었는데, 오후 3시쯤 그가 휴게소에 가면 그들은 언제나 테라스에 앉아 있었다. 그들의 검은 개도. 테라스에 앉은 그들은 어김없이 타르트 하나를 둘이서 나눠 먹었고, 다 먹고 나면 타르트의 심지 끄트머리를 검은 개에게 건넸다. 그들이 어찌나 다정해 보이는지, 그는 종종 그들에게 눈길을 빼앗겼다.

그리고 그들을 볼 때마다 그들이 살아왔을 인생이 그의 머릿속에 저절로 그려졌다. 상상 속에서 노부인의 주름진 손은 생기 있는 젊은 여인의 손이 되어 우아하게 파트너의 뺨을 감쌌다. 그들은 함께 무엇을 보았을까? 아마도 그들은 겨울이 와서 얼었던 눈이 다시 녹고, 녹았던 눈이 다시 어는 풍경을 수도 없이 보았을 것이다. 지천에 핀 홍매화의 아름다움조차 비수처럼 날카롭게 느껴지는 날들과, 만년설 속에서도 연둣빛 새싹이 움트는 걸 목격하는 날들을. 나흘째가 되던 날, 그는 또다시 테라스에 앉아 있었다. 그리고 그는 그날, 언제나 테이블 옆에 엎드려 있던 검은 개가 일어서 걷는 것을 처음으로 보았다.

그날 밤, 그는 먼저 잠든 아내 곁에 모로 누운 채 망설이다가 메신저에 메시지를 입력했다. 저녁 식사를 함께할 때 딸에게 말하려 했으나 하지 못한 말을 전하기 위해서였다.

―내일 일정 있냐?

그는 세 번쯤 같은 문장을 썼다가 지우길 반복한 끝에 전송 버튼을 눌렀다.

―무슨 말이에요?

답이 없어 포기하고 잠을 청하려고 다시 돌아눕는데 딸의 답장이 왔다. 그는 같이 산책을 좀 하자고 말하려다 지우고 일정이 없으면 내일 오후 3시 직전에 그때 그 휴게소로 와라,라고 적었다. 그리고 10분쯤 후 다시 메시지 창을 열었다.

──보여주고 싶은 게 있어.

아내는 코를 낮게 골고 있었다. 답장은 이번에도 한참의 시간이 흐른 후에 도착했다.

──알았어요.

설산 저편의 창백한 하늘 위로 구름들이 천천히 이동하는 오후였다. 저 멀리에서 또다시 베이지색 목도리를 칭칭 감고 다가오는 딸의 모습이 그의 눈에 띄었다.

"여기다."

휴게소의 테라스 쪽에 앉아 있던 그가 어색하게 손을 들었다.

"여기서 뭐 하시는 거예요?"

딸이 그의 앞에 서자 눈앞에 그늘이 졌다.

"앉아라."

그는 맞은편 자리에, 조금 멀찍이 떨어져서 앉은 딸을 보다가, 딸이 이제는 나이가 꽤 많아졌다는 걸 새삼 깨달았다.

"뭐 하고 계시는 거예요?"

딸이 그와의 사이에 흐르던 침묵을 깨고 다시 한번 물었다.

"기다리고 있지."

그는 3시를 향하는 시계를 한번 확인한 후 휴게소 주위를 둘러보았다. 오늘은 설마 안 오는 건가? 테라스에는 아직 몇몇의 젊은이와 그들 그리고 누군가가 만들어놓은 작은 눈사람들만 있을 뿐이었다. 안 오면 어쩌지. 초조한 마음으로 두리번거리는 사이 그의 머릿속에는 며칠 전 밤, 잠자리에서 아내가 했던 말이 떠올랐다. 그건 사위에 관한 이야기였다. 어떤 밤이면 사위가 악몽을 꾸다가 비명을 지르며 일어난다는 이야기. 여섯 살 때 입양이 된 사위는 마다가스카르에서의 기억을 너무 많이 갖고 있다고 했다. 그곳에서 무슨 일을 겪었는지는 딸도, 사위와 같이 입양된 네 살 터울의 친동생도 알지 못했다.

"끔찍한 기억이 틀림없어. 동생을 지키느라 애를 썼는지, 동생은 아무렇지도 않대. 근데 단 서방은 이따금씩 잠자다가 그렇게 식은땀을 흘리며 온몸을 떤다더라고." 그는 침실로 들어갈 때마다 "안녕히 주무세요"라고 어눌한 한국어로 매번 다정히 인사를 건네던 사위의 깊고 커다란 눈을 떠올렸다. 아내에게 그런 이야기를 들려준 사람은 딸이었을 것이다. 하지만 그는 딸이 그에게는 결코 말하지 않으리란 것을 알았다. 사랑하는 사람을 그저 안아주는 것 말고는 달리 해줄 게 없어 막막하고 두려운 밤들에 대해서.

딸은 휴대전화만 만지작거리고, 그는 아무것도 알아들을 수 없는 외국어를 쓰는 이들에 둘러싸인 채 그런 딸을 바라보고만 있는데, 고독이 눈사태처럼 몰려와 그를 덮쳤다. 어쩌면 그가 딸을 사랑하는 방식이 잘못된 것일지도 모르리라. 하지만, 그는 생각했다. 우리는 대체 어떻게 해야 타인을 제대로 사랑할 수 있는 걸까?

늦은 시간 학원 건물 앞에 차를 세워두고 어린 딸이 나오기만을 기다리던 밤의 기억들이 그를 오랜만에 찾아온 건 지금 그가 휴게소 쪽으로 다가오는 인기척이 있는지 살피며 무언가를 기다리고 있기 때문일지도 모른다. 홀로 차 안에 앉아 있노라면, 그가 권고사직 의사 결정에 개입했던 사람들, 회사에서 잘린 후 뇌졸중을 앓는 노부의 간병비 때문에 그를 원망하고 있다는 부하 직원이나 경비 일을 하다가 아파트 주민들의 갑질을 견디지 못하고 스스로 목숨을 거뒀다는 입사 동기의 얼굴이 불쑥불쑥 떠오르던 밤들. 그런 밤이면 그는 얼마나 누군가를 붙잡고 사죄를 하고 싶었던가. 그리고 이불장 안에 숨어 있던 아이처럼, 자신의 존재를 점점 더 작은 조각으로 구깃구깃 접어 어둠 속에 숨겨놓고 싶어지는 그런 밤마다 그의 앞에 불쑥 나타나 부라보콘을 건네며 "아빠, 오늘도 피곤하구나!" 하고는 그를 다시 빛의 세계로 데려가주던 딸.

그때 저 멀리서 휴게소 쪽으로 노부부가 검은 개를 데리고 걸어오는 모습이 그의 눈에 띄었다. 저 두 사람 중 하나가 죽으면 남은 사람은 어떻게 살까. 그러다 개마저 죽으면. 그는 아내 없이 남겨지는 것도, 아내를 두고 죽는 것도 상상하고 싶지 않았다. 그런 상상을 하는 것만으로도 무시무시한 고독이 그의 심장을 얼어붙게 만들었으니까. 얼마나 감사한 일인가. 그들이 좀더 가까이 다가오길 기다리며, 그는 그 순간 진심으로 생각했다. 고독으로 진저리가 쳐질 것 같은 이 세상에, 딸에게 누군가가 있다니. 결혼이란 형태든 아니든, 상대가 누구고, 어떤 인종이든 어떤가. 그리고 그 순간 그는 딸에게 그런 말을 해주고 싶었다. 상처를 받지 않고 산 사람만이 사랑을 줄 수 있는 것은 아니라고. 누군가에게 사랑을 줄 수 있는 사람이 있다면 그건 사랑을 주는 법에 대해 오래 생각해본 사람뿐일지도 모른다고. 그리고 또 이런 말도 해주고 싶었다. 그는 언제나 딸을 사랑했으며 앞으로 무슨 일이 있어도 변함없이 사랑할 것이라고. 딸이 한 말로 인해 그는 오랫동안 고통스러웠으나, 그가 딸에게 주었을 상처 때문에 더욱 괴로웠으며, 사실은 용서를 구하고 싶었다고. 그렇게 말하는 것이 또다시 위선처럼 들릴지라도. 다소 얼마간은 정말 위선에 불과할지라도.

자신이 생각한 것이 사라지기 전에 그는 마침내 용기를

내어 아이의 이름을 낮게 불렀다. "진아야." 하지만 대답이 없고, 아이를 바라보니 딸은 정신이 팔려 어딘가를 넋 놓고 바라보고 있었다.

"아빠!"

그때 딸이 낮게 탄성을 지르듯 그를 불렀다.

딸의 시선이 멈춘 곳에는 그 검은 개와 노인 커플이 서 있었다. 그들은 장갑을 고쳐 끼며 서로 대화를 나누고 있었고, 검은 개는 신이 난 듯 정신없이 뛰어다니다가 눈밭 위를 뒹굴었다. 저렇게 신나할 수가.

"아빠, 봤어요?"

온몸으로 뛰어오르는 생명력. 그리고 그는 너무나도 천진한 개를 보면서 딸이 어째서 그렇게까지 그 장면에 몰두하는지를 알아챘다. 그가 딸에게 보여주려던 것을 딸이 이미 발견했음을. 그러니까 그 개가 세 개의 다리만으로 폴짝폴짝 뛰고 있다는 걸.

개는 다리가 하나 없는 것 따위는 아무렇지도 않다는 듯, 어떤 끔찍한 일이 있었지만 그것은 이제 다 아물었으므로 괜찮다는 듯 남아 있는 세 다리로 그렇게 꼬리를 흔들며 눈밭을 뒹굴었다. 얼마나 경이로운지. 전날 그 개를 처음 본 순간 그가 느낀 것은 놀라움이었다. 그리고 그다음엔 또 다른 감정이 그의 안에 서서히 번졌는데, 그것이 무엇이었는지,

어째서 딸에게 이 장면을 보여주고 싶어졌는지 그는 설명할 말을 찾지 못했다. 그러므로 그는 그저 그렇게만 말할 뿐이었다.

"그래, 보고 있어."

하지만 딸은 그의 마음을 이해한다는 듯, 아무것도 덧붙일 필요 없이, 모든 것이 완벽하다는 듯, 그를 바라보며 미소 지었다. 천진하게. 투명한 햇살에 조금씩 눈이 녹아내리는 새하얀 산을 향해 달려가는 검은 개를 바라보다 그가 딸 쪽으로 시선을 다시 돌리니, 기다리고 있었던 것처럼 딸의 시선이 그를 맞이했다. 그들은 그렇게 잠시 눈빛을 주고받았다. 다정한 공모자들처럼. 설산 저편의 구름 사이로 곧 사라져버릴 희미한 한 줄기의 빛이 쏟아져 내렸다.

호우
豪雨

소희네 가족이 입주한 아파트는 외곽의 오래된 주택가를 허문 자리에 세워져 있었다. 청약에 당첨돼 신축 아파트에 들어가는 것이다 보니 입주 전 아파트에 하자가 있는지 사전 점검 하러 가는 것부터 시작해 하나하나 신경 써야 할 것이 많았다. 하지만 처음으로 장만한 아파트였기 때문에 소희와 남편에겐 그것도 즐거운 일이었다. 특히 남편과 달리 소희는 평생 아파트에 산 적이 없었기 때문에 조금 더 남다른 기쁨을 느꼈다.

　소희가 어린 시절 살았던 집은 허름한 다세대주택이 밀집되어 있는 동네에 있었다. 아버지는 고등학교를 졸업한 후 여러 일을 전전했지만 가장 마지막에는 대학교 내에서 복사실을 운영하며 시험 문제지를 인쇄하고 구입하기 힘든 프랑스어와 독일어 원서들을 복사한 후 스프링으로 제본하는 일을 했다. 소희가 어렸을 때는 저작권을 보호해야 한다는 개념이 없었으므로 아버지가 하는 일은 늘 호황이었다. 비록 고등학교를 중퇴했지만 아버지가 없으면 학생들도 교수들도 수업을 제대로 운용할 수 없다는 것이 아버지의 큰 자랑이었다. 중학교를 졸업한 후 동네 목욕탕과 식당에서 오랫동안 일했던 어머니는 복사실 옆에서 매점을 운영하며 아이스커피나 토스트, 떡볶이 같은 것을 팔았다.

어머니와 아버지의 성실함 덕에 소희는 부모와 달리 대학에 진학할 수 있었다. 처음엔 취업이 잘될 것 같아 치위생학과에 입학했지만 적성과 맞지 않다는 걸 금세 깨닫고는 국문학과에 가기 위해 반수를 했다. 새로 입학한 학교에서 소희는 내성적인 성격을 바꾸고 싶다는 이유로 유적 답사 동아리에 가입했다. 훗날 소희가 남편이 될 남자를 만난 건 그 동아리 선배의 결혼식에서였다. 처음 데이트를 하던 날, 전공을 살려 엘리베이터 회사에 취직해 일하고 있다는 남자는 사람들 사이의 크고 작은 문제들 때문에 스트레스받을 때가 있긴 하지만 오차 없이 정밀하고 적확해야 하는 업무가 주는 명쾌함이 좋다고 말했다. "저는 맨날 계산을 틀려요." 소희가 수줍게 웃으며 말했다. 소희는 자신과 달리 현실에 만족할 줄 아는 사람들을 늘 동경해왔기 때문에 처음 만났을 때부터 남자에게 호감을 느꼈다. 만남을 거듭할 때마다 남자가 주는 성실한 사랑이 어려서부터 이유 없이 결핍을 느끼던 자신의 마음 깊은 곳을 충분히 채워주는 것을 느꼈다. 두 사람이 결혼을 약속하게 된 건 자연스러운 순리 같았다. 결혼식은 여름날에 예정되어 있었는데, 식이 다가왔을 때 하필이면 태풍이 북상하고 있다는 소식이 들려왔다. "비 오는 날 결혼하면 잘 산대." 결혼식 전날, 소희는 우울해진 기분을 떨치려고 카페에 앉아 비가 주룩주룩 내리는 창밖을 보면서 말했다. "우린 잘 살 거지만 그런 건 미신인 거 알지? 그냥 위로하려고 지어낸 말일 뿐이야." 남자가 말했다. 다행히 일기예보는 어긋났고, 그들이 결혼식을 올리던 그 오후엔 하늘이 맑았다.

대학 졸업 후 소희의 남편은 지금까지 15년째 같은 회사에서 맡은 일을 충실히 해왔다. 그는 다른 삶을 살았으면 어떨지 상상하지 않았고, 하고 있는 일의 의미나 가치에 대해서 골몰하지도 않았다. 생활비를 규칙적으로 벌어왔고 대출금 상환을 연체하는 법이 없었으며 주말을 가족과 보내는 것 이외의 다른 가능성을 꿈꾸지 않았는데, 소희는 어른이란 그래야 한다고 생각했고 남편을 본받으려 애썼다.

그들이 입주하게 된 신축 아파트 단지 근처에는 아직 재개발이 되지 않아 옛날 동네의 모습을 그대로 간직한 주택가가 있었다. 허름한 주택가에는 벽돌로 지어진 다세대주택들과 무허가로 지은 단층집들이 어지럽게 뒤섞여 있었다. 골목을 다니다 보면 심심해 보이는 노년의 여자들과 러닝셔츠 차림으로 계단참에 앉아 담배를 피우는 추레한 남자, 소리를 지르며 뛰어다니는 아이를 지친 눈으로 쳐다보는 여자들을 마주칠 때도 있었다. 화분이 늘어선 골목들. 원색의 슬레이트 지붕과 슬래브 옥상이 있는 단층집들. 자동차 밑에 들어가 숨는 길고양이. 대부분 마당이 없는 집이라 저마다 문 앞에 화분들을 놓긴 했지만 대문과 옥상에 파란색 페인트를 칠한 회색 단층집 앞에는 유난히 화분이 많았다. 10평도 안 되어 보이는 그 집 앞에는 아주 마르고 등이 굽은 한 노인이 똑같은—남들의 눈에 똑같아 보이는—옷을 입고 정물처럼 언제나 의자에 앉아 있었다. 가족도 친구도, 노인을 찾아오는 사람은 아무도 없었고, 두세 달에 한 번 이발을 하면 짧아졌다가 시간이 흐르면 조용히 길어지는 머리카락만이 그가 정물이 아니라는 걸 일깨워주었다. 노인의 머리카락이 짧아졌다 조용히 자라고 다시 짧아지길 반복하는 사이 집 앞 화분에 피는 꽃은 천일홍에서 국화로, 동백에서 수선화로 바뀌어갔다.

소희는 계절에 따라 바뀌는 꽃을 보며 동네에 조금씩 익숙해져갔다.

*

소희가 이 시간에 도서관에 가지 않은 건 폭우 탓이었다. 이상기후가 점점 심해진다더니, 닷새째 비가 계속 퍼부었고 바깥출입이 어려워졌다. 상습 침수 지역은 주의하라는 알림 메시지와 산사태 위기 경보가 휴대전화에 수시로 도착했다. 빌린 책이 연체되도록 도서관을 방문하지 않은 건 소희에게 정말 오랜만의 일이었다. 소희의 낙은 규칙적으로 동네 도서관을 방문하는 것이었으니까. 집에서 도서관까지 가는 방법은 두 가지였는데, 아파트 정문으로 나가 단지 사이의 대로를 따라가는 것과 아파트 후문을 이용해 주택가를 가로지르는 것이었다. 거리상 주택가를 가로지르는 게 시간을 단축할 수 있었으므로 소희는 바쁠 때엔 후문을 선택했지만 그렇지 않을 때는 정문으로 나가 대로를 걸었다. 그러면 늦은 오전의 햇살이 부드럽게 거리를 비추고 왼편 담장을 따라 늘어선 키 큰 플라타너스가 계절이 깊어갈수록 우거지는 것을 볼 수 있었는데, 나뭇잎이 무성해지고 색이 바뀌는 걸 소희는 늘 즐거운 마음으로 바라봤다. 봄이면 왼쪽 담장에 개나리가 피었고, 여름엔 매미가 쾌활하게 울었다. 가을엔 빛이

바랜 잎들이 바닥에 쌓여 푹신한 융단을 이루었고, 겨울이
되면 나무초리마다 매달린 고드름이 겨울 햇살에 반짝였다.

도서관은 아이가 다니는 초등학교와 소희가 자주 가는
재래시장에서 그리 멀지 않았다. 소희는 한때 글을 쓰며 사
는 삶을 꿈꿨던 사람답게 작가나 출판사에 도움이 되기 위
해 좋아하는 책은 반드시 사는 편이었지만, 읽고 싶은 모든
책을 구매할 수는 없어서 일주일에 한 번은 도서관에 갔고,
아이의 책을 고른 다음 성인용 서가에서 자신이 읽을 책들
을 살폈다. 신간을 예약했다가 대출할 때도 있었지만, 소희
는 서가를 돌아다니며 마음에 드는 책을 찾는 것을 더 좋아
했다. 책을 여러 권 골라 대출대로 가져가면 소희와 안면을
튼 직원이 어김없이 반갑게 인사를 건넸다.

어린 시절 언니가 학교 간 사이 아버지의 복사실 바닥에
앉아 시간을 보내며 활자가 찍힌 종이와 책을 가지고 놀았
던 탓인지, 소희는 읽는 것을 좋아했고 책과 함께 있을 때
마음이 편해지는 것을 느꼈다. 소희가 책을 가장 많이 읽은
것은 열네 살 때였는데, 그 시절은 새로 진학한 중학교에서
따돌림을 당해 친구 없이 외톨이로 지내던 시기였다. 학교
에는 크지 않은 도서실이 마련되어 있었고, 소희는 점심시
간이면 혼자 도서실에 숨어들어 책을 읽을 수 있었다. 책을
읽으면서 소희가 느꼈던 것은 비밀스러운 기쁨이었다. 책을

펼치면 만나게 되는 세계는 상상 속에서 실재했고, 소희는 자신이 겪는 고독과 괴로움이 혼자만의 일이 아니라는 것을 깨달을 수 있었다. 누군가, 알 수 없는 존재가 너만 그런 것 아니야, 다독여주는 것 같았다. 책은 겉으로는 얌전해 보이지만 내면에서는 아무도 짐작하지 못할 소용돌이가 몰아치던 고등학생 시절도 무사히 통과할 수 있게 해주었다. 그 시절 소희의 마음속에서는 무엇인가 대단한 사람이 되고 싶다는 열망과 누구의 눈에도 띄고 싶지 않다는 바람이 하루에도 몇 번씩 충돌했다. 낯선 세계로 모험을 떠나고픈 욕망과 아무 데도 갈 엄두를 내지 못하며 주저하는 기질이 날마다 엎치락뒤치락하며 전쟁을 벌였다.

이십대 때는 어땠던가? 그 시절, 소희가 가장 좋았던 점은 자유롭게 떠날 수 있다는 것이었다. 고등학교를 졸업하기 전까지 소희는 친구네 집에서 자고 온 적도 없었으니까. 친구들이 이끄는 대로 따라갔던 부산과 강릉, 아르바이트한 돈을 모아서 딱 한 번 보러 갔던 유럽의 도시들. 책으로만 접했던 세계를 실제로 보는 것은 얼마나 큰 기쁨이었나. 졸업한 이후 소희가 여행사 몇 군데에 취업 원서를 넣었던 것은 그런 이유 때문이었다. 결국엔 작은 학습지 회사에 취업하게 되었지만.

학습지 회사가 경영난으로 문을 닫았을 때는 다행히 결

혼한 상태였고 남편은 "걱정 마. 나 혼자도 충분히 우리 식구를 먹여 살릴 수 있으니까"라며 소희를 안심시켜주었다. 남편은 고속 승진을 할 정도로 능력이 뛰어난 편이었고, 소희는 그런 남편을 든든하게 생각했다. 소희는 친구들과 어울리기 좋아하고 회사 업무에도 최선을 다하면서 휴일이면 계획을 세워 헬스장에도 가고 영어 학원에도 다니는 남편의 성실함에 늘 감탄했다. 아이를 낳아 기르면서도 오래된 꿈에 대한 미련을 버리지 못하고 소설책이나 시집을 뒤적이던 소희와 달리 남편은 책을 읽더라도 재테크 관련 도서나 건강 관련 실용서를 읽었는데, 그런 그를 볼 때면 소희는 자신이 몽상에 사로잡혀 허송세월만 하는 건 아닌가 하는 느낌을 받을 때도 있었다.

아직 서로를 이름으로 부르는 대신 세나 엄마, 민우 엄마라고 부르던 그해, 소희가 희경네와 가족여행을 같이 가면 어떨까 하고 말을 꺼내자마자 일정을 짜고 모든 것을 계획한 것도 남편이었다. 남편은 장비가 없어도 즐길 수 있는 캠핑장 목록을 금세 찾아냈고 풀 부킹이었지만 취소된 야영장 자리를 찾아 예약을 했으며 도톰 매트, 전기 랜턴 등 필요한 물품들을 주문했다. 소희의 딸 세나와 희경의 아들 민우는 같은 유치원에 다녔고, 그들이 캠핑을 같이 갔을 때 희경은 아직 퇴사하기 전이었다. 워킹 맘이라 다른 학부모들과 교류가 거의 없던 희경과 가까워진 것은, 아마 세나와 민우가 단짝이었고 놓치는 게 많은 희경을 소희가 자주 챙겨주었기 때문일 것이다. 캠핑장에서 처음 만난 희경의 남편은 약간 햄스터 같은 외모였고 말수가 적었다. 하지만 캠핑 첫날 아이들을 재운 후 어른들끼리 맥주를 몇 잔 마시고 나서는 제법 활달해졌다.

"이 사람이 술 마시면 기분파로 변해요."

소희 앞에 앉아서 안주를 집어 먹으며 희경이 놀리듯 말했다.

"나중에 둘이 술을 더 많이 마셔봐야겠네요."

남편이 그릴 위 고기를 집게로 뒤집으며 말했다.

성격과 취향이 달랐지만, 그해 그리고 그다음 해에도 소희는 희경의 가족과 함께 시간을 보내며 크고 작은 기쁨을 느꼈다. 아이를 낳아 기르는 사이 대학이나 직장에 다니던 시절 친하게 지냈던 사람들과 조금씩 멀어지고 있다고 느끼던 터라 더욱 그랬다. 어떤 때는 희경과 아이들을 데리고 생태공원에 가기도 했는데, 그러면 아이들이 지도사를 따라 숲 체험을 하는 사이 소희와 희경은 풀밭에 앉아 음료수를 마시며 이야기를 나누었다. 공항에서 멀지 않아 비행기가 자주 지나다니는 공원이라, 아이들은 평소보다 커다랗게 보이는 비행기를 보며 소리를 지르거나 신나서 뛰어다녔다. 비눗방울이 토끼풀 만발한 풀밭 위를 날아다니고 부드러운 햇빛이 호숫가 위에서 부서졌다.

폭설이 내린 어느 날은 아이들을 데리고 나가 눈사람을 같이 만든 적도 있었다. 눈사람을 거의 다 만들 즈음 남편과 희경의 남편도 합류해 아이들과 눈싸움을 한 뒤 다 같이 소희의 집에 모여 핫초콜릿과 뜨거운 차를 마셨다.

희경과 희경의 남편은 식품 회사에서 만나 계속 같은 직장에 다녔는데, 희경은 유능했고 하는 일을 무척 좋아했다.

"사실 육아는 남편 체질에 더 맞는 것 같아요."

남편과 희경 부부는 만나면 주식이나 상가 투자 같은 것들에 대해서 자주 이야기를 나눴다. 소희는 사실 그런 화제에 잘 섞여 들지 못했지만 자신이 그런 데 문외한이란 생각 때문에 그들의 대화를 더욱 열심히 들었다. 그날 밤의 대화 주제는 이웃한 주택가가 재개발 지역으로 선정될지 안 될지에 대한 것이었고 대화가 한창 무르익었을 때 소희는 창밖에 다시 내리기 시작하는 솜털 같은 눈송이들을 바라보다가 말했다.

"근데 그 동네 재개발하면 거기 사는 분들은 너무 아쉽겠어요. 파란 대문 집 본 적 있어요? 그 집 앞을 노인이 정말 예쁘게 가꾸셨잖아요."

소희의 말에 희경의 남편이 상냥한 말투로 말했다.

"세나 어머니는 참 감성적인 분이시군요."

"정말 그렇죠?" 남편이 맞장구를 쳤다.

*

이제 세나와 민우는 아홉 살이고 소희가 동네로 이사 온 지도 벌써 4년이 됐다. 빗소리가 점점 요란해지고 있고, 지금 소희는 쌓여 있는 세탁물을 보고 한숨을 쉬는 참이다. 결국 소희는 빨래하는 것을 포기하고 청소기를 들었다. 구석구석을 청소한 후 오랜만에 걸레질까지 했는데도 시간이 남아 그다음엔 미루고 미뤘던 창고 정리를 하기로 마음먹었다. 본가에서 가져온 『셰익스피어 4대 비극』 번역본을 발견한 건 여행용 트렁크와 난방기 뒤에 방치되어 있던 상자를 열었을 때였다. 빛이 바랜 책을 펼쳐 뒤적이자, 습기를 먹었는지 책에서 젖은 흙냄새가 났다. 책에서 풍기는 그 냄새가 소희에게 잊고 살았던 그리운 감정들을 불러일으켰다. 왕과 귀족들의 비일상적이고 극적인 고뇌와 죽음을 다룬 이야기들에 소희는 얼마나 매료되었던가.

책 안쪽에는 '감정이 이성을 압도해 발생한 비극'이라는 메모가 필기되어 있었다. 그 필기를 한 것은 대학교 1학년

때 교양 선택으로 들었던 '영미 고전 문학 읽기' 수업 시간이
었다. 문과대 건물 5층 강의실이었고, 우연히 같이 수업을
듣다 나중엔 동아리 친구까지 된 다혜가 질문을 했다. "고
귀한 주인공들에게 벌어지는 비극을 보면서 공포와 연민을
느끼고 나는 저렇게 살지 말아야겠다는 교훈을 얻으면 되
는 것인가요?" 그러자 갓 부임한 젊은 교수—틀림없이 지
금의 소희보다 젊었다—는 잠시 창밖을 보다가 답했다. "셰
익스피어의 연극에선 비극이 주인공들의 성격적 결함에 기
인하죠. 저는 여러분이 교훈을 찾기보다는 우유부단한 햄
릿, 남을 너무 쉽게 믿는 성격의 오셀로를 보면서 누구 안
에나 나약함과 모순이 있다는 것을 이해할 수 있길 바라요."
그런 말들이 그 시절 강의실에 앉아 있던 소희의 마음을 움
직였다. 하지만 당시에도 소희는 교수가 그런 말을 할 수 있
는 것은 대학까지 갔으니 딸이 아주 쓸모 있는 사람이 되어
야만 한다고 철석같이 믿는 부모가 없기 때문이라고 확신
했다.

학창 시절 소희가 언니를 깨울까 봐 한밤중 거실에 앉아
책을 읽고 있으면 소희의 부모는 화장실에 가거나 물을 마
시기 위해 잠에서 깨어나 거실로 나오다가 어김없이 말하
곤 했다. "또 그러고 있구나." 어머니와 아버지는 소희가 남
들이 잘 시간에 깨어 있는 것을, 그것도 공부와 상관없는 책

을 읽기 위해서 깨어 있는 것을 탐탁지 않아 했다. "너는 누구를 닮아서 그 모양이냐." 그렇게 말하는 아버지의 눈엔 이해할 수 없는 것에 대한 경멸이 서려 있었다. 멍하니 공상에 잠겨 있거나 지나치게 감상적으로 행동하고 꿈꾸기를 멈추지 않는 것. 그 모든 것은 그녀가 긴 세월 동안 억제하고 없애고자 애를 썼던 자신의 단점들이었다.

생각이 난 김에 오랜만에 다혜에게 안부 문자메시지 한 통을 보낸 뒤 식탁에 앉아 책을 몇 장 넘겨 보고 있는데 전화가 왔다.

"비가 와서 걸었어." 어머니였다.

"무슨 일 있어요?"

"일은 무슨, 아무 일도 없어."

통화를 마치고 시간이 조금 더 흘렀을 때 또 한 통의 전화가 걸려 왔다.

"언니 바빠요?" 전화를 건 사람은 희경이었다.

"오늘 비가 너무 많이 와서 민우 학원에 데려다줄까 하는데 언니도 갈 거면 애들 데려다주고 커피나 한잔해요."

"그러자. 학교 앞에서 만나."

소희는 서둘러 외출 준비를 했다. 비에 맞아도 괜찮은 낡은 반바지를 입었고, 크록스를 찾아 신었다. 늦지 않게 가기 위해서 지름길인 주택가 사잇길로 접어들었는데 비 탓인지 동네가 매우 적요하게 느껴졌다. 소희가 골목을 지날 때면 언제나 집 앞에 플라스틱 의자를 놓고 앉아 화분을 지켜보던 파란 대문 집 노인도, 폭우가 퍼부으니 당연한 일이었지만, 보이지 않았다.

소희가 학교 정문 앞에 도착했을 때, 거리는 이미 우산을 쓴 중장년 여성들로 인산인해를 이루고 있었다. 소희는 아이를 놓칠세라 고개를 빼고 사람들의 어깨 너머를 바라보았고, 잠시 후 저 멀리서 빨간 우산을 쓴 아이를 발견하고는 "세나야!" 하고 불렀다.

*

그 시각 노인은 점점 심해지는 요통 탓에 요 위에 누워 빗소리를 듣고 있었다. 습기가 빠져나가지 못해 벽지 여기저기 곰팡이가 핀 집에 누워 있으니 어항 속에 있는 것 같은 느낌이 들었다. 하지만 빗방울이 떨어지는 소리를 듣는 것을 언제나 좋아했던 젊은 시절처럼 이상하게도, 며칠째 이어지는 허기와 곰팡이 냄새에도 그날은 기분이 썩 나쁘지 않았다. 비가 계속 오면 폐지를 주우러 나갈 수 없으니 걱정이긴 했다. 노인의 일과 중 가장 중요한 것은 새벽에 손수레를 끌고 나가 주택가와 상가의 골목을 돌면서 폐지를 줍는 것이었으니까. 갈수록 폐지 가격이 가파르게 떨어져서 아무리 주워도 주머니에 들어오는 돈이 거의 없지만, 그렇다고 아예 하지 못하게 되는 건 더 큰 문제였다.

비가 계속 와서 아무것도 할 수 없게 되니 그의 머릿속에는 그가 살아왔던 지난 세월의 일들이 두서없이 떠올랐다. 어린 시절 무작정 집을 떠나 처음 도시에 왔던 일. 중국집에서 허드렛일을 하다가 팔뚝에 화상을 입었던 일. 그를 버리고 간 사람들과 그가 버린 사람들. 그의 인생에서 가장 좋았던 일은 집세를 내지 못하고 쫓겨나 몇 년간 묵었던 여인숙에서 그곳을 청소하던 여자를 만나 함께 살았던 것이다. 여자는 오래오래 가난했고, 늘 남은 밥을 얻어먹어 갓 지은 밥을 먹어본 적이 단 한 번도 없다고 했다. 그래서 그들이 같이 살기 시작했을 때 그는 밥솥을 샀다. 김이 나는 하얀 밥을 보고 여자가 울었다. 노인은 힘들게 자리에서 일어나 장롱 다리 밑에 접어 괴어둔 종이를 꺼냈다. 내년에 심을 꽃 목록 맨 아래에 여자가 좋아했던 금잔화를 적었고, 다시 접어 원래 자리에 두었다.

*

이튿날에도 비가 계속 내렸다. 창문이 흔들렸고, 잠시 잦

아드는가 싶더니 다시 비가 더 많이 쏟아졌다. 비에 젖지 않도록 아이를 출근하는 남편 차에 태워 등교시키기 위해 소희는 평소보다 서둘러 아침 식사를 차리고 아이를 재촉했다. 눈이 반쯤 감긴 아이는 밥 먹을 생각을 하지 않았다.

"여보, 얼른 먹여야 해."

남편이 급하게 거실을 왔다 갔다 하며 말했다.

"지금 하고 있어."

소희는 아이 입에 요거트를 떠서 먹였고 손에 빵을 쥐여주었다.

남편과 아이가 나가고 나자 집 안이 다시 고요해졌다. 소희는 설거지를 했고, 어질러진 침구들을 제자리에 정리했다. 집 안이 꿉꿉한 것 같아 인터넷으로 제습제를 몇 개 주문했다. 또 한 번 재난 문자가 왔다. '호우주의보가 발효 중입니다. 침수가 예상되는 위험한 지역에 접근하지 마시고 반지하 주택이나 지하상가 등에 물이 차오르거나 하수구 역류 시 대피해주세요.' 세나네 반 학부모 단체 채팅방에도 알림이 떠 살펴보니 시우 엄마가 비 오는 날 아이를 등교시킬 때는 도로가 혼잡해질 수 있으니 뒷사람들을 배려해 아이를 빨리 내려주면 좋겠다는 글을 남겨놨다. '그게 중요한 게 아니에요. 오늘 교통사고가 날 뻔했대요.' 유찬 엄마의 메시지였다. '다행히 큰일은 없었다네요.'

교통사고라니. 소희는 놀라 남편에게 전화를 걸었다. "세나 내려줄 때 무슨 일 없었지?" 아직 운전 중이라는 남편이 대답했다. "아무 일도 없었어." 전화를 끊고 나니 집이 너무 어둡게 느껴져 전등을 켜려고 소파에서 일어나는데 휴대전화 벨이 울렸다.

"언니 바빠요?" 희경이었다.

"괜찮아."

"비가 계속 너무 많이 오네요."

그러더니 희경은 기운 없는 목소리로 소희의 안부를 물었다.

"무슨 일 있어?"

소희가 묻자 희경은 기다렸다는 듯이 민우에 대해서 이야기하기 시작했다.

"오늘 또 담임선생님한테서 연락이 왔어요. 수업 시간에 민우가 갑자기 울기 시작해서 그치질 않는다고요."

집에 데려가서 진정시키는 게 좋을 것 같다는 담임의 말에 허둥지둥 희경이 학교에 도착했을 때, 민우는 얼마나 울었는지 얼굴이 새빨갛고 눈이 부어 있었다고 했다.

"지금은 방에서 자요."

"왜 울었대?" 소희가 소파에 깊숙이 앉으며 물었다.

"무서웠대요."

"뭐가?"

"그게 정말 답답한 부분인데, 학교에 있는 동안 토끼가 하늘나라에 간 게 생각나서 너무 무서웠대요."

민우가 말하는 토끼가 어떤 토끼인지는 소희도 모르지 않았다. 2년 전 희경의 남편이 데리고 온 토끼에게 민우가 '하양'이라고 이름을 붙여주었다고 희경이 말한 적이 있었다. 크림색 털을 가진 드워프종으로, 눈 주위가 새까맣고 귀가 자그마한 아이였다고 했다. 토끼를 기르려고 계획했던 건 아니었다. 희경의 남편은 회식 때문에 술에 조금 취해 있었고, 동물병원 앞에 적혀 있던 토끼 분양이라는 글자가 그날따라 눈에 크게 띄었다고 했다.

민우가 토끼에게 조각낸 로메인상추나 브로콜리 같은 것들을 먹이는 걸 좋아했고, 토끼의 사인이 급성 점액종증이이었다는 것은 소희도 이미 들어 알고 있었다. 희경이 퇴사를 결정해야 했을 정도로 오랫동안, 학교에 간 사이 누군가가 죽을까 봐 무섭다며 민우가 등교를 거부한 이유가 그것이었다는 사실도. 민우가 공포에 떨며 "엄마, 나도 죽어? 죽으면 내가 없어지는 거야?"라고 물었다고 했을 때 소희는 성장의 자연스러운 한 단계일 거라고 희경을 위로하기도 했다. 하지만 소희가―그리고 희경도―알 수 없는 것은 한동안 괜찮던 민우가 왜 다시 울기 시작했는가 하는 것이었다. 토끼가 죽은 건 이미 반년도 더 된 일이었다.

"언니, 이런 말 하면 안 되겠지만 저는 애당초 토끼를 데려온 남편이 너무 미워요. 내 마음을 몰라주는 아이도 원망스럽고요."

"괜찮아질 거야."

하지만 정말 그런가? 남편과 아들을 원망한다고 본인 입으로 말하면서도 마음 깊은 곳에서는 자책하는 젊은 엄마의 모습이 소희의 머릿속에 생생하게 그려졌다. 지금도 혼자 울고 있겠지? 창문이 위태롭게 흔들렸고, 방 안은 더욱 어두워졌다.

그날 밤, 잠자리에 들고 불을 끄기 전, 소희는 남편에게 말했다.

"희경 씨가 너무 힘들어해."

남편이 무슨 말인가 하는 얼굴로 소희를 흘깃 보더니 말했다.

"아, 등교 거부한다던 거 때문에? 아직도 그런데?"

"응, 다시 그러나 봐. 얼마나 힘들겠어."

"그거 그냥 토끼 하나 더 사주면 해결될 일 아니야?"

남편이 말했다.

"애당초 토끼는 잘 죽는데 그걸 왜 사줘서 그 사달인지."

*

한 달 내내 비가 퍼붓더니 마침내 날이 개었다. 오래 내린 비로 인해 공기가 깨끗했고 하늘은 구름 한 점 없이 새파랬다. 모처럼 비가 오지 않으니 놀러 가자는 아이의 바람을 들어주기 위해 소희의 가족은 야외 수영장에 다녀왔다. 볕에 그을린 아이는 쉼 없이 장난을 쳤고, 많이 웃었다.

월요일, 소희는 빨래 건조대에 걸려 있는 마른빨래와 수영복을 걷어 반듯이 개었다. 창문을 모두 열어 환기를 시켰고 오랜만에 먼지를 털어가며 청소를 했다. 날이 화창한 김에 소희는 열무를 사기 위해 재래시장까지 가기로 마음을 먹었다. 정문 쪽 상가에 들를 일이 있어 다른 아파트 단지로 이어지는 대로변을 따라 걸어갔고, 희경의 아파트 앞을 지날 때는 희경에게 문자메시지를 보냈다. '오늘은 좀 어때?'

재래시장에는 한낮인데도 사람이 많지 않았다. 갓 짜낸 참기름의 향이 고소하게 진동했다. 김이 모락모락 나는 찐만두와 찰옥수수, 페트병에 담겨 있는 얼음 식혜. 소희는 생선 가게와 정육점을 지나쳐 시장 안쪽으로 들어갔다. 자주 들르는 과일 가게 아주머니가 소희를 보고 알은척을 했다.

"뭐 사러 왔어?"

"열무를 좀 사려고요. 김치 담가 국수 말아 먹게."

"좋지. 비가 징그럽게 오더니 오늘은 덥네. 과일은 안 사?"

꽃무늬 민소매 티셔츠 차림의 아주머니는 태극 문양이 그려진 부채로 연신 부채질을 하고 있었다. 소희가 과일을 구경하자 아주머니는 참외가 아주 달다며 끝부분을 깎아 건네주었다. 큰비가 내린 터라 별 기대를 안 하고 맛보았는데 정말 달았다. 소희가 참외 한 봉지를 샀고, 아주머니는 비닐봉지를 건네주려다가 옆에 있는 살구 몇 알을 봉지 안에 넣어 주었다.

— 오늘은 민우가 안 울었어요. 늘 고마워요, 언니.

열무를 사고 시장을 빠져나올 즈음 희경의 메시지가 왔고, 소희는 한결 가벼워진 마음으로 주택가로 이어지는 골목길에 접어들었다. 짐이 제법 무거웠고, 얼른 집에 가서 아이 하교 시간이 되기 전에 열무김치를 담가놓고 싶었다. 한낮의 햇살이 쏟아졌고, 그것이 골목의 색감을 극적으로 만들고 있었다. 무채색의 그림자와 빛바랜 담벼락이 나무에 매달린 잎들의 초록과 슬레이트 지붕들의 쨍한 빨강에 대비됐다.

스티로폼 박스 안에 심어진 상추와 깻잎의 여린 잎이 푸릇푸릇했고 담벼락을 따라 늘어선 화분 속 토마토 모종들이 크고 튼튼하게 자라 있었다. 한자로 입춘대길이라고 적힌 종이가 아직도 붙어 있는 대문. 옥상 위에서는 빨래들이 햇볕에 바짝 마르고 있었다. 골목을 걷고 있자니 소희의 머릿속엔 이런 동네의 골목이 놀이터였던 어린 시절이 떠올랐다. 친구들이 뛰어노는 동안 골목 한구석에 쭈그리고 앉아 공상에 잠기면 상상 속 골목은 보물이 숨겨져 있는 미로로 변신했다. 비밀과 모험이 펼쳐지는 이국의 도시 속 사람들이 말을 타고 달렸고 햇빛이 닿는 자리마다 황금으로 변하는 마법이 눈앞에서 펼쳐졌다. 어째서 이 모든 것이 다른 사람들의 눈에는 보이지 않을까? 소희는 자기가 보는 세계를 다른 사람들에게도 보여주고 싶었지만 아무도 그녀의 이야기를 믿지 않았다.

소희가 뜻밖의 장면을 목격하게 된 건 파란 대문 집 앞에 이르렀을 때였다. 이게 무슨 일이지? 소희가 본 것은 그 집 앞에 있던 화분이 모조리 사라진 풍경이었다. 어떻게 된 영문인지 알 수 없었지만 놀랍게도 집의 문과 창문이 다 열려 있었고, 옥상도 깨끗이 정리되어 있었다. 소희는 잠시 망설이다가 열려 있는 현관문 너머로 집 안을 흘깃 들여다보았다. 한 번도 내부를 제대로 본 적 없던 노인의 집 안은 완전히 텅 비어 있었다. 이사를 가신 건가? 어디로? 갑자기 왜? 노인의 처지를 생각하면 이사를 가는 게 말이 되지 않았다. 그러면 자식들이 모시고 간 게 아닐까? 하지만 자식들이 드나드는 걸 본 적은 한 번도 없었다.

집에 도착해 열무를 다듬고 소금물에 절인 후 밀가루 풀을 쒔다. 그러는 동안, 노인의 집이 빈 이유에 대해 알 수 있을까 싶어 들른 부동산에서 듣게 된 이야기가 소희의 머릿속에서 떠나지 않았다. 소희는 건고추를 불려 양파와 배를 넣어 갈고, 절인 열무를 물에 헹구었다. 열무김치를 다 담근 후에는 아이에게 줄 와플을 굽고 과일을 씻었다.

이윽고 집으로 돌아온 아이는 소희가 만들어준 와플과 우유를 남김없이 먹어치웠다.

"학교에선 별일 없었어?"

"응."

"학원에서도?"

"응, 아무 일도 없었어."

아이는 고개를 까딱까딱하며 장난을 쳤고, 식탁을 피아노 삼아 학원에서 배운 음계를 눌러 보였다. 잠시 후 아이가 말했다.

"놀이터 가서 놀아도 돼?"

"그럼, 되고말고."

소희가 아이와 나갔을 때, 이미 꽤 많은 아이가 놀이터에서 뛰어놀고 있었다. 소희는 벤치에 자리 잡고 앉아 아이가 친구를 향해 달려가는 뒷모습을 지켜보며, 노인에 대해서는 깊이 생각하지 말자고 속으로 되뇌었다. 자신과 상관없는 일이었으니까. 하지만 그 생각은 좀처럼 잊히지 않았고 소희의 머리 한구석에 남아 있었다. 늦은 오후의 햇살이 놀이터 위로 한가득 쏟아졌고 소희는 느티나무 아래 그늘로 자리를 옮기며 노인이 무척 선량해 보였다고 생각했다. 조금 외로워 보였다는 생각이 드는 건 선입견 탓일지도 몰랐다. 비가 몹시 오던 그 시기엔 외출을 거의 하지 못한 채 홀로 집에 계셨겠지. 소희는 생각했다. 누군가와 통화가 하고 싶어도, 전화도 전화할 곳도 없어 대신 TV를 틀었을지도 몰라. 소희의 상상 속에서 노인은 TV 채널을 돌리다가 가족이 둘러앉아 밥을 먹는 모습을 보고 자신의 것이 되지 못한 그런 풍경 때문에 눈물을 흘렸다.

소희가 노인과 말해본 적은 한 번도 없었다. 옆집에 사는 이웃도 아닌 노인에게는 인사를 건네는 일조차 어쩐지 이상해 보일 것 같았으니까. 용기를 내 말을 걸어봤으면 뭔가 달라졌을까. 어느 봄날, 꽃을 키워보고 싶어 사온 베고니아도 사계장미도 모두 금세 시들어버렸을 때 소희는 노인에게 어떻게 하면 꽃을 잘 키울 수 있느냐고 물어볼까 생각해본 적은 있었다. 실행에 옮기지는 못했지만. 기르는 꽃이 피고 지는 것을 바라보는 일은 노인의 고독한 일상에서 거의 유일한 기쁨이었을 테지. 꽃을 네번째 죽였을 때부터 소희는 더 이상 집에 화분을 들이지 않았다. 왜 이제 더 이상 화분을 안 사느냐고 묻는 남편에게 자꾸 죽이니까 꽃들에게 미안하다고 말하자 남편은 웃었다. "당신은 상상력이 너무 풍부해."

저 멀리서 선욱 엄마가 선욱이를 데리고 놀이터 쪽으로 걸어오는 게 보였다. 소희는 손을 살짝 들어 선욱 엄마 쪽으로 흔들어 보였다. 2동에 사는 선욱 엄마와—그녀는 선욱 엄마의 이름은 알지 못했다—바람이 이따금씩 불어오는 놀이터 벤치에 앉아서 잠시 이야기를 나눴다. 놀이터에서만 어쩌다 만나는 사이라 가깝게 지낼 기회가 없었지만 만날 때마다 선욱 엄마는 늘 소희를 향해 아주 반가운 듯 활짝 웃었고, 그래서 소희는 선욱 엄마를 좋아했다.

"안녕하세요!"

땀범벅이 된 세나가 선욱 엄마를 발견하고 일부러 인사를 하기 위해 뛰어왔다가 다시 아이들 쪽으로 달려갔다.

"어쩜, 세나는 저렇게 예의가 발라요."

선욱 엄마가 감탄하듯 말했다. 그들은 나란히 볕을 쬐며 아이들의 담임선생님과 수업 분위기에 대해서 대화를 나눴다.

"아, 맞다. 친정 엄마가 또 시골에서 밑반찬을 너무 많이 보내왔어요. 엄마는 대체 왜 이렇게 손이 큰가 몰라. 혹시 파김치 좋아해요? 그럼 나눔하면 좋은데." 선욱 엄마가 말했다.

"그래주시면 고맙죠."

하지만 대화를 마치고 아이의 손을 잡고 돌아오는 길에 소희가 잊어버리고 싶어 했던 생각이 또다시 되살아났다.

그날 밤, 남편이 모처럼 일찍 집에 돌아와 온 가족이 같이 저녁을 먹을 수 있었다.

"맛있는 냄새가 나네. 얼른 씻고 나올게."

남편은 서둘러 화장실로 들어갔다. 이윽고 실내복으로 갈아입은 남편이 부엌으로 돌아왔고, 세 식구가 식탁에 둘러 앉았다. 아이가 학교에서 있었던 일들에 대해 재잘재잘 이야기를 했고 남편과 소희가 웃었다. 밥을 먹고 설거지를 한 후에는 아이가 아이스크림이 먹고 싶다고 해서 다 같이 나가 소프트아이스크림을 사 먹었다.

"엄마, 엄마, 아직 안 자면 안 돼요?"

"내일 학교 가려면 일찍 자야지."

잠이 오지 않는다는 아이를 방에 데려가서 책을 읽어 재워주고 밖으로 나왔을 때, 남편은 이미 잠옷으로 갈아입고 잘 준비를 마친 상태였다.

소희가 방으로 들어오자 남편이 걱정스레 물었다.

"무슨 일 있었어? 얼굴이 안 좋아 보여."

남편이 물어서 소희는 노인의 빈집에 대해 이야기를 할까 잠시 고민했다. 그러고 나면 끈질기게 괴롭히는 상념들로부터 자유로워질지도 모른다는 기대를 품고. 하지만 잠시후 소희는 남편에게 토끼 이야기를 했을 때를 기억해냈고, 마음을 바꿨다.

"아니, 아무 일도 없어."

남편이 협탁 등을 껐고 소희는 이제 어둠 속에 누워 있었다. 얼핏 들여다본, 장판의 담배 자국들과 벽지의 얼룩 외에는 아무것도 없던 집에 대해서 침대 위에 누운 채 다시 생각했다. 노인이 정성껏 가꾸었던 천일홍 화분도, 동백 화분도, 수선화 화분도 없고, 커튼도 대야도, 소희가 골목을 오가다 현관문이 열려 있는 날이면 볼 수 있었던 플라스틱 신발장과 색 바랜 슬리퍼도 없던 그 집. 모든 것은 결국엔 사라지는 것이다. 자취를 감추는 것이다. 남편은 이제 코를 골기 시작했고, 소희는 그 옆에 누워 부동산 주인의 말을 떠올렸다. 이름도 성도 모르고 아는 거라곤 늘 집 앞에 의자를 내놓고 앉아 있었고 화초를 즐겨 길렀다는 것뿐인 노인의 죽음을. 노인은 현관문 앞에서 죽은 채로 몇 주 만에 발견되었다지. 소희의 상상 속에서 노인은 꽃송이들이 비에 상하기라도 할까 봐 나가보려다가 쓰러졌다. 도와줘요. 누군가를 향해 외쳐도 목소리가 나오지 않았을 거야. 소희는 이불을 끌어당기며 노인의 마지막을 상상했다. 죽는 순간 노인은 고독했을까? 두려웠을까? 어쩌면 그 짧은 찰나 자신이 죽으면 꽃들이 어떻게 될까 걱정을 했을지도 모른다고 소희는 생각했다. 어쩌면 죽기 전에 걱정해야 할 것이 자신에게 하나라도 남아 있다는 사실에 기뻤을지도 모른다고.

거듭될수록 소희의 상상은 익숙한 서사를 게으르게 변주한 형태를 띠었는데, 그건 악의 때문이 아니라 소희에게는 죽음이 아직 너무나 추상적인 것에 불과했기 때문이었다. 단 한 번도 말을 나눠본 적 없는 사람의 죽음을 슬퍼해야 할 이유는 없지, 소희는 생각했다. 그건 이상한 일이었다. 그는 범죄자일 수도 있었고 자식들에게 버림받을 만한 일을 한 부도덕한 아버지였거나 사기꾼, 자발적인 고독을 택한 은둔자일 수도 있었다. 만약 한 번이라도 대화를 나눴다면 소희가 싫어하게 되었을 만한 인간일 수도 있었다. 하지만 그가 어떤 사람이었든 한때 존재했던 생生이 이제 더 이상 여기에 없었다. 그런데 여기에 없다니. 그건 대체 무슨 말이지?

그에게도 좋은 날이 있었을 테지. 늘 억제하려 애썼던 무용한 상상력이 소희를 슬픔에 잠기게 했다. 상상이 모르는 사람이었던 그를 아는 사람으로 둔갑시켰다. 언젠가 노인처럼 사라지고 말 자신의 육체와 정신을 떠올리게 했다. 아, 죽음은 얼마나 커다란 사건인가. 그것이 누구의 죽음이든. 소희는 그 진실을 이제 겨우 어렴풋이 막 깨달은 참이었고, 그래서 눈을 꼭 감았다. 한밤중에 홀로 눈을 떠버려 무서운 아이처럼. 가까스로 울음을 참는 어린아이처럼. 그렇게 눈을 감은 채 소희는 한동안 더 어둠 속에 누워 있었다. 존재했던 삶의 부재가 마음속에 그려놓는 드라마를 조용히 응시했다.

눈이

내
리
네

다혜가 모과나무집에 살았던 건 이십대 초반의 일이다. 모과나무집 주인인 임복례 할머니는 엄마의 오촌 이모로, 다혜가 입학한 대학에서 멀지 않은 곳에 살고 있었다. 마당이 딸린 작은 단독주택인 그녀의 집엔 커다란 모과나무가 있어 사람들은 그곳을 모과나무집이라고 불렀다. 다혜가 대학에 입학했을 때 엄마가 다혜와 일면식도 없는 이모할머니에게 연락을 한 건 그 집에 빈방이 많다는 소문을 전해 들었기 때문이었다. 자식들이 떠나고 이모할아버지마저 돌아가신 이후 인근 대학 여학생들에게 방을 빌려주던 다혜의 이모할머니는 더 이상 하숙을 원하는 학생을 찾지 못하고 몇 년째 낡디낡은 집을 홀로 지키며 살고 있었다.

대학생이 된 이상 원룸에서 자취를 하며 자유를 만끽하고 싶던 다혜로서는 느닷없는 낯선 할머니와의 동거가 마음에 들 리 없었다. 게다가 명절 때마다 보긴 했지만 친조부모와 외조부모는 모두 아주 멀리 살았고, 방문은 대체로 짧았기 때문에 다혜에게는 노인과 생활해본 경험이 거의 없었다. 하지만 바람과 달리 엄마는 끝내 다혜를 모과나무집에 살게끔 결정했는데 그건 아무래도 그러는 편이 여러모로 안심이 되었기 때문이다. 혼자 사는 삶에 대한 환상을 품고 있었지만 그때까지 다혜는 부모 곁을 떠나 살아본 적도, 밥을 스스로 해 먹거나 빨래를 해본 적도 없었다. 그렇게 해서 하숙생이면서 먼 친척 손녀딸로서의 조금 특별한 삶이 시작됐다. 스무 살의 2월, 다혜의 엄마는 이모할머니가 차려 준 저녁밥을 같이 먹고는 "잘 부탁드려요"라고 몇 번이나 말한 뒤 기차역으로 향하는 택시에 올랐다. 엄마가 떠난 뒤 낯선 집 침대에 누웠지만 다혜는 쉽게 잠에 들지 못했다. 앞으로 새롭게 펼쳐질 성인으로서의 삶에 대한 기대와 끝나버린 어린 시절에 대한 아쉬움이 뒤섞인 아주 묘한 감정이 다혜를 뒤척이게 했던 것이다.

온 동네 사람들이 양잠업을 하던 작은 마을에서 태어나 자란 이모할머니는 남편을 따라 도시로 왔고 세 아들을 낳

앉다. 남편은 세무 공무원이었는데, 과거엔 지금처럼 납세자가 자진 신고를 하는 것이 아니라 세무 공무원이 세금을 마음대로 부과했기 때문에 위세가 좋았다. 모과나무집 거실 벽에 걸려 있는 환갑잔치 사진 속 이모할아버지는 키가 크고 어깨가 딱 벌어져 왕처럼 자신만만한 모습이었다. 이모할머니는 그 옆에 하늘색 한복을 입고 앉아 있었는데, 미용실에 막 다녀온 것인지 머리가 유난히 새까맸다.

모과나무집은 벽돌로 지어진 2층집으로 이모할머니와 이모할아버지가 사십대 때 벽돌을 하나하나 골라 지었다고 했다. 오래된 집답게 외풍이 있었고, 보일러가 가동될 때마다 요란한 소리가 났다. 창틈으로 바람이 새는 탓인지 겨우내 화장실이 너무 추워서 다혜는 맨엉덩이가 변기에 닿을 때마다 소스라치게 놀라야 했다. 집은 여러모로 낡아 불편한 점이 많았지만 마당은 무척 아름다웠는데, 그건 할머니가 온갖 정성을 들여 마당을 가꾸기 때문이었다. 마당에는 모과나무를 비롯해 밤나무와 대추나무가 심겨 있었고 여름엔 모란과 채송화가, 가을엔 국화와 천일홍이 피었다. 낮은 담벼락엔 능소화가 덩굴을 이루었고 그 아래에는 더 이상 쓰이지 않아 비어 있는 장독들이 있었다.

이모할머니는 무척 부지런한 사람이었다. 새벽 5시면 일어나서 밥을 안친 후 싸리비로 마당과 골목을 쓸었는데, 다혜가 느지막이 일어나 학교 갈 준비를 마치고 밖으로 나설 때면 이모할머니는 벌써 해야 할 일을 거의 다 끝내놓은 상태였다. 이모할머니는 집 담벼락 앞에 의자를 내다 놓고 앉아 동네 이웃 할머니들과 대화를 나누거나 과일을 잘라 먹곤 했다. 그중 이모할머니와 같은 교회에 다니는 장 권사 할머니는 왕년에 미용실을 운영했고 호피 무늬 티셔츠를 즐겨 입었다. 김 권사 할머니는 눈썹 문신을 너무 진하게 한 탓인지 인상이 사나웠지만 사실은 온순했고, 폐지와 공병을 주워 파는 일에 열성이었다. 할머니들의 공통점은 대체로 귀가 어둡다는 것이었다. 그래서 그들의 대화 소리는 언제나 요란했지만, 그중 제일 큰 소리로 말하는 것은 귀가 가장 어두운 이모할머니였다. 게다가 이모할머니는 수다쟁이이기까지 해서, 다혜가 듣다가 중간에 딴생각을 하거나 화장실이나 부엌으로 도망을 가더라도 개의치 않고 끝까지 귀청이 떨어질 만큼 큰 소리로 하던 이야기를 계속했다. "여기 살던 학생 중에 지금 판검사를 하는 사람도 있고, 교사가 된 사람도 있어." 이모할머니가 대단하다고 이야기한 옛날 하숙생들 중에는 독재 타도를 외치며 데모를 했던 학생들도 있었다. 나이 많은 이모할머니가 데모에 대해서 좋게 생각한다는 것은 다혜에겐 정말 뜻밖의 일이었다. 이모할머니는 또 무슨 소리를 냈던가? 모과나무집에 살기 시작한 이후 다혜를 놀라게 한 것은 이모할머니에게서 끊임없이 새어 나오는 온갖 소리였다. 기침 소리, 코 푸는 소리, 앉았다 일어날 때 내는 신음 소리. 이모할머니는 잡초를 뽑거나 다림질을 하면서 혼잣말을 했고, 걸어 다니면서 트림을 하고 방귀를 뀌었으며 자다 깨서 화장실에 갈 때는 문을 꼭 닫지 않은 채 볼일을 봤다.

졸졸졸.

한밤중 과제를 하다가 듣게 되는 그 소리는 다혜를 진저리치게 만들었다. 보아서는 결코 안 될 광경을 보기라도 한 것처럼. 모과나무집에 살게 된 이래 다혜가 새롭게 발견한 것은 늙는 일이었다. 자신의 몸을 통제할 수 없게 되는 것. 품위를 잃고, 수치를 망각하는 것. 타인의 눈에 스스로 어떻게 비칠지를 전혀 신경 쓰지 않는 것이야말로 노년의 삶에 주어진 실로 놀라운 특권 같다고 다혜는 생각했다.

그것은 정말 특권이었다. 젊은 사람들에게는 결코 허락되지 않는. 그 시절 다혜는 매일 아침 입고 나갈 옷을 정하느라 지각할 위기에 처했고, 공강이 겹치는 동기가 없어 혼자 밥을 먹어야 할 때면 식당에 들어갈 엄두를 내지 못했다. 고등학교 시절 배운 중국어를 좋아해 아무도 시키지 않았는데 「중경삼림」이나 「타락천사」 같은 영화의 대본을 구해다 대사를 외우기까지 한 다혜였지만 중문과에는 어린 시절

홍콩에서 살다 온 아이가 둘이나 있었기 때문에 수업 시간에 문장을 읽어야 할 때마다 발음이 신경 쓰였다. 하지만 마음 깊은 곳에서 다혜는 학과 내에서 주류를 이루는 무리에 섞일 수 있기를, 다른 동기들보다 매사에 조금이라도 더 앞설 수 있기를 은밀히 원했다. 중고등학교 시절 내내 부모에게 받았던 기대의 힘이란 놀라운 것이어서, 주변부로 조금씩 밀려나고 있는 듯한 느낌을 받을 때조차 다혜의 마음속에는 어쩌면 사실은 대단한 사람이 될 수 있을지도 모른다는 희망이 끈질기게 살아남아 있었다. 그즈음, 스스로에 대한 자부심과 열등감은 번갈아가며 얼굴을 바꾸고 다혜 앞에 나타났다.

그리고 또 모과나무집에서는 이런 소리도 끊이지 않았다. 이모할머니가 종일 거실에 틀어놓는 TV 속 사람들의 목소리. 이모할머니는 어떤 프로그램이든 개의치 않고 아침부터 밤까지 TV를 틀어놨으나 이모할머니가 단연 좋아하는 것은 드라마였다. 모든 아침 일과를 끝내놓고 시청하는 아침 드라마, 저녁을 먹고 나서 보는 일일 드라마와 주말 연속극. 이모할머니를 매혹하는 건 통속적인 사랑의 서사였다. 가끔 둘이서 같이 저녁 식사를 하면 이모할머니는 흥분해서 드라마에서 본 장면에 대해 이야기를 할 때가 있었다.

"아니, 어떻게 조강지처를 버릴 수가 있냐?" 순애보적인 사랑. 배신과 복수. 감동적인 화해와 용서. 다혜 역시 이야기를 좋아하는 편이었지만 이모할머니가 들려주는 사랑 이야기 중 어떤 것도 마음이 당기는 건 없었다. 더욱이 다혜는 사랑을 드라마에서 보는 게 아니라 직접 살아내고 싶었다. 여중, 여고를 나와 남자와 가깝게 지내본 적도 없었고 스스로 대단한 미인이라고 생각하지도 않았지만 다혜는 진짜 사랑을 기다렸다. 아무도 상상해본 적 없는 모험을. 한 번도 가본 적 없는 세계로 자신을 데려가줄 사랑을. 이따금 잠이 오지 않는 밤에 다혜는 방 창문을 열고 모과나무가 서 있는 마당을 내다보며 책이나 영화에서 보았던 주인공들을 떠올렸다. 사랑을 위해 기꺼이 파멸을 선택하는 연인들. 삶을 송두리째 바꿔버리는 열정. 그렇게 어둠 속에 선 채로 금방이라도 터질 듯 부풀어 있는 진분홍의 모과꽃 망울이 흔들리는 걸 보고 있노라면 자신의 삶 앞에 무궁무진하게 펼쳐져 있는 가능성에 대한 기대와 그로 인해 커져가는 불안에 사로잡혀 다혜는 때때로 몸서리를 쳤다.

친구를 따라 우연히 유적 답사 동아리에 가입한 이후에는 자연스럽게 동아리 사람들끼리 우르르 몰려다니며 밤늦도록 어울리는 일이 많았다. 강의가 끝나고 동아리방에 앉아 기다리다 보면 시간이 맞는 동기들끼리 즉흥적으로 학교 앞 호프나 전통 주점에 술을 마시러 가는 식이었는데, 이따금 선배들이 무리 속에 섞이기도 했다. 그때 함께하는 건 대체로 한 학번 차이가 나는 남자 선배들이었다. 대단히 어른인 척하고, 외국 맥주 브랜드에 대해 알려주고, 성적에 후한 교수들의 정보를 주던. 선배들은 답사할 장소에 대한 스터디를 주도하고 동아리 내 규율을 강조했는데, 동기 중 재수한 남자애들은 그들이 선배 행세를 할 때마다 뒤에서 비웃었지만 다혜는 남녀가 섞여 늦게까지 어울린다는 사실만으로 은근히 흥분해 있었다. 유쾌한 분위기, 떠들썩한 소음. 이상주의적인 가치와 낭만적인 몽상의 범람. 다혜는 그런 자리에 빠지고 싶지 않았지만 가끔은 모임의 분위기가 한창 달구어져 있는데 자리에서 일어나야만 할 때가 있었다.

"왜 이렇게 일찍 집에 가?"

그즈음 가장 친하게 지내던 상아와 규희가 호프 바깥으로 따라 나와 다혜를 붙잡았다.

"조금만 더 있다 가면 안 돼?"

친구들이 붙잡는 것은 다혜에게 커다란 기쁨이었다. 하지만 안타깝게도 다혜는 친구들에게 돌아가야 한다고 말할 수밖에 없었다.

"이모할머니한테 늦는다고 말 안 하고 나왔더니 메시지

를 벌써 일곱 개나 남기셨어."

아닌 게 아니라, 다혜가 사전에 허락을 받지 않고 늦어지면 이모할머니는 집에 돌아올 때까지 몇 번이고 연락을 했고, 자지도 않고 다혜가 귀가하기만 기다렸다. 이모할머니는 대체 왜 그러는 걸까. 그건 이모할머니가 다혜를 염려하는 나름의 방식일 터였다. 하지만 당시 다혜는 그런 일이 있을 때마다 단조롭고 지루하게 반복되는 노년의 일상에 주어진 새로운 이벤트—친척 손녀 돌보기—를 이모할머니가 즐기는 데 자신이 희생되고 있다고 심술궂게 생각했다.

이모할머니가 귀가를 재촉하지 못하도록 하는 마법의 주문은 단 하나였다.

"도서관에서 늦게까지 공부를 해야 해요."

"또? 공부를 하는 거라면 할 수 없지."

이모할머니에게는 공부한다는 행위에 대한 무조건적인 존중이 있었는데, 그건 이모할머니가 학교에 다닌 적이 없다는 사실과 연관이 있었다.

"이거 좀 읽어줘."

처음에는 눈이 침침하다며 고지서나 전단 따위를 읽어달라고 가져오던 할머니는 어느 날 아주 조그만 목소리로 사실은 글을 읽는 법도 쓰는 법도 모른다고 털어놓았다.

"아, 배운 적이 없으세요?"

"없어." 이모할머니가 말했다. "우리 집이 5남 1녀인데, 내가 막내딸이거든." 이모할머니가 콩나물을 다듬으며 이야기를 시작했다. 이야기가 일단 시작되면 다혜는 오랫동안 붙잡혀 있을 각오를 해야 했다. 이모할머니는 누군가가 버튼을 눌러주기만을 오래도록 기다린 창고 속 먼지 덮인 라디오처럼 언제든 이야기를 쏟아낼 준비가 되어 있었는데, 쉼없이 쏟아지는 말의 양은 언제나 다혜를 놀라게 했다.

"그래서 다들 나를 얼마나 애지중지했는지."

얼마나 애지중지했느냐면, 이모할머니의 집에서는 가마솥에서 갓 지은 밥을 풀 때조차 아버지나 장남이 아닌 어린 이모할머니의 것을 가장 먼저 풀 정도였다. 그것도 잡곡들을 살살 걷어낸 뒤 가마솥 한가운데에 있는 가장 뽀얀 흰쌀밥으로.

"나중에 올케들한테 들은 건데 처음 시집왔을 때는 그게 제일 꼴보기 싫었대."

그렇게 말하며 이모할머니가 깔깔 웃었다. 아무튼 이모할머니가 글자를 배우지 못한 이유는 이모할머니를 온 가족이 그렇게나 애지중지했기 때문이었다. 이모할머니의 아버지가 여자아이는 바깥을 돌아다녀봤자 좋을 일이 없다고 말했으므로 이모할머니는 결혼 전까지 외출을 거의 하지 못했다. 그래서 이모할머니는 오빠들이나 동네 친구들이 학교에 가 있는 사이 혼자 집에 남아 방에서 저고리를 수선하거나 뜨개질을 하며 하루를 보냈다.

"그럼 이모할아버지 돌아가신 뒤 뭐든 읽어야 할 게 있을 땐 지금껏 어떻게 하셨어요?"

이모할머니가 숨을 고르기 위해 잠시 말을 멈춘 틈을 타 다혜는 한없이 계속되는 이야기를 끝맺기 위해 얼른 끼어들었다.

"별수 있나. 장 권사나 글 읽을 수 있는 다른 사람들한테 부탁했지."

그 시절 다혜가 도서관이 아니라 집에서 과제를 즐겨 했던 것은 이모할머니 때문이었다. 다혜가 공부할 때 이모할머니는 별다른 말을 하지 않았지만 다혜는 이모할머니의 눈빛에서 대견해하는 마음을, 일종의 선망을 읽을 수 있었다. 그럴 때면 다혜는 자기 안에 칭찬받고 싶은 마음, 과시하고 싶은 욕구, 대단한 사람이라고 착각하고픈 허영심이 출렁이는 것을 느꼈다.

첫 중간고사 기간이 지나자 대학에 입학한 이래 묘하게 다혜를 사로잡고 있었던 열기가 조금 가라앉았다. 이따금 문과대 5층 강의실에 앉아 창밖을 보면 학생들이 5백 년 된 느티나무 아래서 술을 마시거나 노래를 부르는 모습을 볼 수 있었다. 초록이 선명한 잔디밭 위에서 모두가 자유로워 보이는 그 모습은 다혜가 대학교에 입학하기만 하면 주어질 거라 믿었던 보상을 상징했다. 하지만 그런 풍경을 보고 있노라면 이게 다인가, 하는 생각이 마음속에 피어났다. 세상을 바꾸기 위해 숭고한 죽음을 맞이한 선배들의 일화를 듣거나 선배들을 따라 시위에 참여하는 동기들을 볼 때면 평온한 자신의 삶이 부끄러웠으나 다혜에게 그걸 깨뜨릴 만한 위험을 무릅쓸 필요와 용기는 없었다.

그즈음에는 연애하는 동기들이 속출했다. 선이는 현준과, 민지는 규상과 사귀게 되었고, 문수가 소희에게 고백했다는 소문과 주미가 2년 선배인 동우를 찼다는 소문이 파다하게 퍼졌다. 상아는 복학생 남자 선배와 연애를 시작했는데, 사각턱에 살집이 있는 그 남자는 다혜의 눈에 여러모로 형편없어 보였다. 하지만 사랑에 빠져 있는 상아는 예뻐 보였고, 그래서 다혜는 상아가 조금 부러웠다. 연애에 빠진 상아는 그 무렵 다혜나 규희와 잘 어울리지 않았다. 조금 서운하고 치사하다는 마음이 들기도 했지만 다혜는 티를 내지 않으려고 애썼다. 한번은 겹벚꽃이 활짝 핀 문과대 건물 앞에서 규희가 데이트하러 가는 상아를 보며 "어떻게 겨우 두세 살 더 많은 남자가 연애 상대로 보일까?" 하고 혼잣말하듯이 물은 적이 있었다. 규희는 줄곧 나이가 많은 사람들만 좋아해왔다고 했다. 중학생 때는 수영 강사를, 고등학생 때는 국어 선생님을. "난 대학에서도 틀림없이 나이 많은 사람을 사랑하게 될 것 같아." 규희가 말했다.

도서관에서 연체료를 놓고 실랑이를 하던 다혜가 준우를 마주친 건 연둣빛의 모과 열매가 가지마다 달리기 시작한 6월 초의 어느 날이었다. 과제를 하기 위해서는 책이 필요했는데 연체료를 내지 않으면 책을 빌릴 수 없는 상태였다. 다혜는 대출대에 앉아 있는 근로 학생에게 백 원이 모자라는데 내일 갖다주면 안 되냐고 사정을 하고 있었다. 그때 누군가가 백 원을 대출대 위에 올렸다.

처음에 다혜는 준우를 바로 알아보지 못했다.

"『제인 에어』 토론할 때 작품이 별로라고 말했던 학생이죠?"

도서관을 같이 빠져나오며 다혜가 고맙다는 인사를 건네자 그가 웃으면서 물었다. 그제야 다혜는 준우가 누구인지 기억해냈다. 교양 선택 과목인 '영미 고전 문학 읽기' 수업 분반의 담당 조교가 맹장 수술을 받는 바람에 옆 분반 조교인 준우가 토론을 진행하기 위해 다혜가 수업을 듣는 강의실을 찾은 적이 있었다.

"네, 별로였어요."

사실 그건 거짓말이었다. 다혜는 『제인 에어』를 읽으며 무척 감동을 받았고, 자신의 삶을 결정해나가는 제인에게 매료되었다. 하지만 수업 시간에 모든 학생이 한결같이 『제인 에어』에 대해 좋은 평만 했기 때문에 다혜는 그들과 다른 말이 하고 싶었다. 물론 소설 속 인물인 버사가 그려진 방식이 너무 가혹하고 부당하게 느껴진 것이 완전히 거짓은 아니었다.

준우는 키가 크고 머리숱이 많았으며 눈썹이 처져 순해 보이는 영문과 석사과정생이었다. 늘 왁스로 머리를 정리했는데, 그 탓인지 고개를 숙이면 달콤한 향기가 났다. 도서관에서 대화를 나눈 이후 그들은 도서관이나 문과대 로비에서 마주치면 인사를 나누기 시작했다. 교내에서 밥을 같이 먹을 때도 있었는데 그때는 규희도 함께였다. 규희가 술을 사달라고 졸라 방학 중에 셋이 맥주를 마시러 간 적도 있었다. 종이에 곡목을 적으면 음악을 틀어주는 지하의 바였는데, 동기들과 가던 술집과 달리 바는 조용했고, 「I Love You More Than You'll Ever Know」 같은, 그때까지 다혜가 들어본 적도 없는 음악이 흘렀다.

열대야가 막 시작돼 후텁지근했던 여름밤, 준우의 단골 바에서 맥주를 마시고 집으로 돌아가기 위해 다혜와 규희가 같이 버스를 기다리고 있던 중 규희가 물었다.

"선배가 너 좋아하는 거 아냐?"

"그럴 리가 없지."

"그럼 넌?"

"나도 아니야."

다혜가 그럴 리 없다고 말한 건 정말 그렇게 생각했기 때문이었다. 스물이었던 다혜에게 당시 스물일곱 살이던 준우는 까마득한 어른 같아 보였는데, 그건 그때 다혜가 이십대 후반까지의 삶만을 상상할 수 있었기 때문이었다. 다혜에게 그 이후를 사는 사람들은 한 생生이 끝나고 다시 태어난 완전히 다른 종種의 존재처럼 느껴졌고, 아무리 상상력을 발휘해도 서른 이후의 삶을 사는 자신의 모습은 그려지지 않았다. 그러므로 준우가 고백을 해 왔을 때 다혜는 놀라지 않을 수 없었다. 해 질 녘의 캠퍼스에서였고 푸른 수풀이 우거진 교내의 인공 연못은 금빛으로 물들어 있었다. 준우의 얼굴 역시 석양에 물든 듯 새빨갰는데, 그토록 어른스러운 남자의 얼굴이 평소와 달리 자기 때문에 붉어졌다는 사실이 다혜의 마음을 움직였다.

훗날 다혜는 왜 고백을 받아줬냐는 상아의 질문에 그 얼굴 때문이었다고 답했다. 규희가 비난하듯 물었을 때는 그 고백의 진실함이 자신도 그때까지 눈치채지 못했던 감정을 깨닫게 했다고 답했고. 다 거짓은 아니었지만 이제 와 생각해보면 진실은 이런 것이었다. 연애해보고 싶다는 호기심. 누군가가 자기를 좋아할 수 있다는 사실을 어서 확인받고 싶은 조바심. 그때까지 알던 것과 전혀 다른 감정을 경험해보고픈 욕망.

그해 여름과 가을은 다혜와 준우의 것이었다. 햇살이 눈부셨고, 하늘이 깨질 듯 파랬고, 새들이 지저귀었다. 그들은 시내 곳곳을 끝도 없이 걸어 다녔고, 강으로 오리배를 타러 갔다. 강물이 햇살에 반짝였고, 다혜의 두 뺨이 시도 때도 없이 상기되었는데, 그게 햇볕 때문인지 두근거림 때문인지는 알 수 없었다. 어두운 골목에서 입을 맞췄고 집에 돌아온 후엔 창문을 열어놓고 마당을 내다보며 조용조용 통화를 했다. 그럴 때면 창을 타고 어지러울 만큼 달콤한 향기가 쏟아지듯 밀려왔고, 가로등 불빛에 주홍으로 곱게 물든 나무들이나 장독대가 보였다.

"만나는 남자 생겼냐?"

어느 날 이모할머니가 물었다. 이모할머니가 사랑 이야기를 좋아하기 때문에 연애에 관대할 거라고 다혜는 기대했지만, 그 생각은 금세 틀린 것으로 판명이 났다.

"일찍일찍이 다녀라."

이모할머니는 전보다 다혜를 단속했고, 통금 시간과 옷차

림에 더 엄격해졌다. 하지만 다혜는 스물일곱 살인 남자와 만나고 있었고, 어른스러워 보이고 싶은 마음을 억제할 수 없었다. 날이 추워진 이후에 그들은 종종 준우의 원룸에서 중국 음식 따위를 시켜 먹으며 일본 드라마와 애니메이션을 불법 복제한 비디오나 외화를 봤다. 성행위 장면이 등장할 때마다 다혜는 당황했지만 그런 정도는 별것도 아니라는 듯한 표정을 지으려 애썼다. 그의 방엔 탈식민주의나 제국주의 같은 단어가 섞인 어려운 책들이 주로 꽂혀 있었다. 준우와 같이 있으면서 다혜가 배우게 된 것은 자신이 제3세계의 여성이라는 사실이었다. 준우는 인종의 문제와 권력의 문제 같은 것에 대한 인식을 갖지 않고 세상을 바라보는 것은 안경을 끼지 않고 자막 있는 영화를 보는 것과 마찬가지라고 했는데 그런 말이 마음에 들었다.

그때까지 그와 잔 적은 없었다. 가끔 아슬아슬한 지점까지 나아갈 때도 있었지만, 다혜가 주저하는 듯하면 그는 더 밀어붙이지 않았다.

그들의 데이트는 대체로 귀가를 종용하는 이모할머니의 연락과 함께 끝났다.

"노인이 되면 저녁잠이 많아진다던데 너희 할머니는 왜 이리 잠이 없으신 걸까?"

때로 준우는 농담조로 이렇게도 말했다.

"젊고 예쁜 네가 놀러 다니는 게 영 배 아프신 건가?"

이모할머니의 잔소리에 불만을 가질 때가 많았으면서도 막상 준우가 그런 식으로 말할 때면 다혜는 조금 놀랐다. 하지만 다혜는 준우가 그렇게 말하는 게 자신을 치켜세우기 위한 것이란 걸 알았고, 나중엔 대수롭지 않은 듯 흘려들었다.

다혜가 준우와 자야겠다고 결심하고 집을 나선 건 한파주의보가 내린 겨울방학의 어느 날이었다. 갑자기 추워진 탓인지 현관 열쇠 구멍에 열쇠가 꽂히지 않아 수리한 지 며칠 되지 않았을 때였고, 결로 때문에 방 천장 벽지 위에 생긴 갈색의 얼룩이 점점 번져가던 무렵이었다. 준우의 집으로 향하기 조금 전, 다혜는 상아와 전화 통화를 마쳤다. 그날 아침 다혜는 규희로부터 이유를 설명하지 않는 절교 편지를 느닷없이 받았고, 온종일 영문을 몰라 답답해하다 상아에게 전화를 걸어본 것이었다. "규희가 준우 선배를 좋아했다던데 몰랐어?" 다혜는 정말 몰랐고, 화가 났고, 그렇다고 이렇게 일방적으로 절교를 당하는 건 부당하다는 생각이 들었다. 다혜는 속상한 기분을 떨치기 위해 책을 펼치고 소리 내어 읽었다. "청춘은 우리가 지니고 있을 만한 가치가 있는 단 하나의 것이지요. 늙는다면 나는 자살을 하고 말

겠소." 준우가 읽어보라고 추천해준 책 중 다혜의 마음에 든
건 영원히 젊고 아름답길 원하는 남자에 대한 소설이었다.
"얼마나 슬픈가! 나는 늙어 무섭고 끔찍해질 텐데 이 그림
은 항상 젊은 상태로 남겠지."*

준우는 다혜가 실제보다 더 똑똑하다고 생각했고, 그래
서 다혜는 기대에 부응하기 위해 추천받은 책들을 읽으면
서도 언젠가 그가 자신의 실체를 알고 실망하지 않을까 하
는 불안을 마음 한구석에 갖고 있었다. 준우는 다혜가 그때
까지 알고 지내던 사람 중에 가장 똑똑했고, 인정하고 싶지
않았지만, 절대로 인정하지도 않을 거였지만 그렇게 지적인
사람이 자기를―규희도 다른 누구도 아닌 자기를―좋아한
다는 사실은, 자신의 머리카락과 눈썹에 입을 맞추고 차가
운 발을 두 손으로 감싸 쥐며 "작은 새 두 마리 같아"라고 말
한다는 사실은, 때로 자기를 향한 욕망으로 괴로워하며 허
락한단 사인을 보내주길 간청한다는 사실은 다혜를 우쭐하
게 만들었다. 다혜는 충동적으로 의자에서 일어나 입고 있
던 트레이닝복 위에 두꺼운 패딩을 걸쳤다. 통금 시간이 얼
마 남지 않아 서둘러야 했다. 이모할머니가 어디를 나가느
냐고 소리를 질렀다.

* 오스카 와일드, 『도리언 그레이의 초상』(1890) 일부 인용.

"금방 돌아와요!"

다혜가 다급하게 현관 벨을 누르자, 준우가 놀란 눈으로 문을 열며 물었다.

"무슨 일이야?"

"하러 왔어."

집 안으로 들어서며 다혜가 말했다. 칼바람을 맞으며 뛰어온 탓인지 준우의 원룸이 춥게 느껴졌다. 무슨 말인지 몰라 어리둥절해하던 그가 이윽고 말했다.

"겁나면 억지로 할 필요는 없어."

다혜는 조금도 겁나지 않았다.

"난방만 조금 올려줘."

다혜가 말했다.

며칠 후 다혜는 답장을 썼다. '일방적으로 절교를 하자니, 너무한 거 아냐?' 잠시 뒤엔 완전히 다른 마음으로 처음부터 다시 썼다. '미안해. 맹세코 나는 네가 준우 선배를 좋아하는 줄 몰랐어.' 하지만 결국엔 어느 편지도 보내지 않았다. 그 후로 규희가 다른 학교 편입에 성공해 캠퍼스를 떠날 때까지 그들은 서로 투명 인간이 된 것처럼 지냈다. 매점이나 학생 식당에서 하얀 목덜미가 드러날 만큼 짧은 규희의 단발머리나 규희가 즐겨 입던 맨투맨 티셔츠 같은 것을 알아볼 때 다혜는 서글퍼지기도 했지만, 준우와 함께 있을 때면 어지러운 행복과 흥분 속에서 그런 감정을 금세 잊었다.

다혜가 모과나무집을 떠난 건 스물네 살 때로 대학을 졸업하고 전문대 행정실에 취직한 이후였다. 어린 시절부터 꿈꾸었던 직업은 아니었지만 외환 위기의 여파로 취업에 어려움을 겪는 선배들을 보아온 터라, 여러 차례 실패 끝에 합격 소식을 들었을 때 다혜는 무척 안도했다. 그 당시 경제적인 이유로 유학을 포기하고 국내에서 박사과정을 밟고 있던 준우는 축하한다며 백화점에 데려가 구두—리본 장식이 달린 검정색 스틸레토 힐이었다—를 사주었고, 다혜는 그것을 오랫동안 아껴 신었다. 그들 사이가 언제나 좋기만 한 것은 아니었다. 여느 연인들처럼 그들 사이에도 오해와 질투, 눈물 바람과 용서가 있었지만 대부분의 날에 다혜는 그와 결혼할 거라고 생각했고, 그들의 사랑이 영원할 것이라 믿었다.

모과나무집을 떠나고도 몇 년 더 지속됐던 준우와의 연애는 가장 안 좋은 방식으로 끝이 났다. 어느 금요일 밤, 연락 없이 찾아간 준우의 집 앞에서 그가 다른 여자와 팔짱을 끼고 걸어가는 걸 다혜가 보아버린 것이다. 돌이켜보면 그들의 연애는 그날 끝이 났어야 하지만 다혜는 미련하게 끝이 왔음을 모르는 척했다. 서로가 서로를 미워하게 될 때까지. 분명히 존재했던 아름다운 날들조차 없었던 일처럼 오랜 시간 기억 속에 묻어두고 싶어질 때까지. 다혜는 그 당시 관계가 끝났음을 자신이 그토록 받아들이지 못하고 시간을 끈 건 틀림없이 미래에 대한 두려움 때문이었을 것이라고 생각했다. 끝에 대한 두려움. 사랑을 다시 할 수 없을지도 모른다는 두려움. 하지만 그것이 전부가 아니었다는 것을 이제 다혜는 아는데, 당시 이별을 계속 유예했던 건 무엇보다 젊고 예뻤던 시절의 자신을 그가 상기시켰기 때문이었다.

그들이 완전히 헤어진 건 그 밤 이후로 다섯 달이 지난 뒤였다. 헤어진 이후에도 그의 소식은 드문드문 들려왔으나 다혜가 삼십대 중반을 넘어서면서부터는 그나마도 더 이상 듣게 되는 일이 없었다. 이제 다혜는 사십대 중반이고, 중견 기업에서 정규직으로 일하며 부모님과 수도권의 작은 아파트에 살고 있다. 부모님이 고향을 떠나 다혜와 같이 살기 시작한 것은 아버지의 전립선암이 발견된 이후였는데, 병원에 다니기 더 수월했기 때문이었다. 한때는 당장이라도 아버지를 잃을 것처럼 두렵던 순간들도 많았으나 다행히 아버지는 이제 건강을 되찾았다.

이모할머니가 돌아가신 것은 다혜가 서른다섯 살일 때였다. 뭉게구름이 가득한 봄날이었고, 장례식장에 모인 문상

객들이 호상이라는 대화를 주고받았던 것을 다혜는 기억했다. 그 외에는 그날에 대해 다혜가 기억하는 게 많지 않은데, 그건 아마도 몇 년 후 다혜가 듣게 된 대학 동기의 부고와 달리 아흔 살이 넘은 노인의 죽음은 다혜에게 자연스러운 일처럼 여겨졌기 때문일 것이다.

이런저런 이유로 연락이 끊겼던 동아리원들을 한꺼번에 보게 된 건 동기 중 한 명이 갑작스럽게 세상을 떠난 날이었다. 다혜가 서른아홉 살이 되었을 때 있었던 일로, 기후변화 탓에 비정상적으로 더웠던 10월이었다.

"과로사였대."

유독 쓸쓸하게 느껴졌던 장례식장에서 오랜만에 재회한 상아가 말했다. 부모상 소식은 이따금 들어도 아직 본인상 소식을 듣는 일은 흔치 않은 나이였기 때문에 장례식장에 모인 동기들의 얼굴은 하나같이 침통했다. 문수의 아내는 어렵게 얻은 아이를 막 낳은 참이었다. 장지까지 따라갔다가 되돌아오는 길, 그냥 헤어지자니 마음이 좋지 않아 다혜와 동기들은 대학병원 근처 식당에 들어가 한낮에 순댓국을 먹으며 소주를 마셨다. 식사 시간이 지난 터라 순댓국집엔 그들 말고는 손님이 아무도 없었고, 그들은 그래서 오랫동안 함께 시간을 보낼 수 있었다. 그날 오후, 하나같이 체중이 늘고 머리숱은 적어진 동아리원들을 보면서 자신이 알던 스무 살 적의 그들은 다 어디로 가버린 걸까 생각했던 일을 다혜는 여전히 기억하고 있다. 문수가 좋아했던 소희는 오래전 다른 남자와 결혼해 어느새 아홉 살이 된 아이의 엄마가 되어 있었다. 누군가 그 이야기를 듣더니, 문수가 소희에게 고백하던 날 동기들이 우르르 소희의 하숙집 앞에 몰려갔던 일에 대해서 회상하기 시작했다. 목련이 아직 지지 않은 봄밤, 어두운 골목길에 서서 문수가 대뜸 창문에 대고 사랑 고백 노래를 부르던 모습을 훔쳐보며 저러면 틀림없이 차일 거라고 뒤에서 킥킥댔던 일. 그런 일들을 떠올리며 웃고 우는 사이 대화는 벤쿠버로 이민 간 주미에게 사고가 있었다거나 같은 동아리 출신 커플 중 유일하게 결혼에까지 이르렀던 현준과 선이가 이혼소송 중이라는 쪽으로 흘러갔다. 듣다 보니 죄다 안 좋은 소식들뿐이라 분위기가 더 가라앉고 있는데, 상아가 민지의 결혼식 이야기를 꺼냈다.

"민지 지난달 결혼해서 지금 거제도에서 사는 거 알지?"

"민지가 지난달에 결혼을 했어?"

어느덧 중학생 아들의 아빠가 되었고, 고지혈증 약을 먹고 있다는 규상이 물었다. 상아가 휴대전화를 뒤져 사진을 보여주어 다혜와 동기들은 웨딩드레스를 입고 있는 민지를 볼 수 있었다. 사진 속 민지는 상아와 함께 신부 대기실에 앉아 있었는데, 서른아홉 살의 나이에 새로운 시작을 맞이한 민지의 얼굴이 무척 환하고 예뻤다.

이모할머니의 장례식 이후 삶이 바빠 다혜는 모과나무집에 다시 가보지 못했다. 누군가로부터 모과나무집이 이제는 카페가 되었다는 소문을 듣긴 했지만 모과나무가 베어졌고 그 자리에 파라솔 달린 정원용 테이블이 놓여 있는 모습은 다혜의 머릿속에 잘 그려지지 않았다. 하지만 이따금, 화장기 없는 얼굴로 거울을 보다 그 속에서 이방인을 발견하고 깜짝 놀라거나 예전엔 알지 못했던 통증에 시달리는 몸이 낯선 타인의 것처럼 느껴져, 젊음이 지나가고 있다는 사실을 불현듯 자각하게 되는 날이면 다혜는 모과나무집을 마지막으로 찾았던 어느 오후로 되돌아갈 때가 있었다.

스물여덟 살 겨울이었고, 눈이 예보되어 있는 날이었다. 예년이면 첫눈이 진작 내렸을 법한데, 어쩐 일인지 눈 소식이 늦어지고 있었다. 이모할머니는 그때 암 수술을 받은 지 1년 정도 된 시점이었고, 자식들의 반대를 무릅쓰고 어깨관절 수술을 받기로 되어 있었다.

"수술을 받으신다고?"

다혜에게 전화로 그 소식을 전한 엄마는 한숨을 쉬더니 딱하다는 투로 "그러니까 말이야" 하고 말했다. 전신마취도

해야 해서 너무 위험하다며 자식들이 다 말렸는데도 이모할머니는 수술을 받겠다고 고집을 부렸다고 했다.

"죽으나 사나 다 똑같다는 마음이신 건지…… 아무튼 조만간 수술받으신다니까, 한번 뵈러 갔다 와라. 그래도 널 오랫동안 보살펴주셨잖아."

4년 만에 찾은 모과나무집에 도착했을 때, 다혜의 눈에 띈 건 볕이 좋은 날이면 할머니들이 옹기종기 모여 있던 담벼락 아래 의자가 치워져 있다는 사실이었다. 이모할머니의 몸에 암이 발견되어 수술을 받은 이후 노인이 혼자 낡은집에서 지내는 걸 자식들이 원하지 않았으므로 이모할머니는 긴 시간 동안 집을 비우고 자식들의 집에 돌아가며 머물렀다고 했다. 이모할머니의 소식을 엄마로부터 전해 들은 다혜가 전화를 걸었을 때 이모할머니가 마침 모과나무집에 있던 것은 어깨 수술을 받기 전 집을 정리해두기 위해 돌아와 있었기 때문이었다. 한동안 집을 비워뒀다더니 그 탓인지 다혜가 기억했던 것보다 집 안이 더 춥게 느껴졌다.

"이게 얼마 만이냐."

반갑게 웃으며 다혜를 맞이하는 이모할머니의 얼굴이 너무 마르고 주름져 있어서 다혜는 깜짝 놀랐다.

"왜 이렇게 춥게 계세요. 보일러 고장 났어요?"

"아니, 혼자 있는데 집 전체를 난방하는 게 뭣해서. 방으로 들어가자. 거긴 따뜻해."

보일러를 정말 안방에만 틀어놨는지 방엔 훈기가 가득했다. 다혜가 안방에 들어가 앉는 건 거의 처음이었다. 모과나무집에 살 때조차 이모할머니가 쓰는 방에 들어갈 일은 그다지 없었으니까. 안방에 있는, 마당 쪽으로 난 유리창 너머로 잎을 모두 잃은 모과나무와 추위에 얼어버린 꽃나무들이 보였다. 그 앞에 놓인 자개 문갑 위에는 두루마리 휴지와 탁상시계, 성경 구절이 적힌 달력이 놓여 있었다. 볕이 닿은 자리를 따라 변색된 벽 위엔 오래되어 보이는 액자들이 여럿 걸려 있었다. 다혜는 사진을 보기 위해서 벽 쪽으로 다가갔다. 사내아이들의 흑백 돌 사진과, 누군가의 대학교 졸업 사진. 그 옆에는 더 낡아 보이는 흑백 결혼사진이 있었다. 볼살이 통통하고 앙다문 입술이 새침해 보이는 어린 신부. 누구지? 곧바로 바보 같은 질문이라는 생각이 다혜의 머릿속에 떠올랐다. 이모할머니 말고 달리 누구겠는가?

"서 있지 말고 여기 앉아." 이모할머니가 방 한가운데 깔아둔 방석을 가리키며 말했다.

"저게 언제 적 사진이에요?"

다혜가 상을 사이에 두고 이모할머니와 마주 앉으며 물었다.

"내가 열일곱 살 때니까…… 그럼 그게 몇 년 전인 거냐?

참, 지난번에 우리 교회에서 말이야……"

교회 신도 중 어떤 노부부가 몇 주 전 결혼 70주년을 기념하는 감사 애찬식을 가졌다는 에피소드는 그날 이모할머니가 다혜에게 들려준 많은 이야기 중 하나였다. 새하얀 면사포를 쓴 여든여섯 살의 신부와 그런 신부를 바라보는 늙은 신랑. 나눠 먹었던 시루떡. 해로한 부부를 위한 축복의 말들.

"몸은 좀 어떠세요?" 다혜가 물었다.

"괜찮아."

"어깨가 많이 안 좋으신 거예요?"

"그렇지, 뭐. 옛날부터 그랬잖아."

이모할머니는 대수롭지 않은 듯 말했다.

"넌 어떻게 지내냐?"

"그럭저럭 지내고 있어요."

다혜는 솔직한 심정을 말할 수 없었기 때문에 그냥 그렇게만 답했다. 이제 해가 바뀌면 스물아홉 살이 되고 마는데 애인과 헤어져버렸고, 이직을 하려면 더 이상 미뤄서는 안 되는 나이이지만 직장을 그만두는 게 옳은 일인지 아닌지 모르겠어서 고민이라고 말할 수는 없는 노릇이었다. 그즈음 다혜는 더 이상 예전처럼 인생에 무한한 가능성이 열려 있다고 믿지 않았고, 자신의 인생에 대한 최후의 결정을 해야 할 시간이 얼마 남지 않았다는 생각에 초조해하고 있었다.

"할머니는 어떻게 지내셨어요?" 그렇게 묻고 다혜는 황급히 덧붙였다. "병원에 다니고 계시겠죠?"

"나?"

그러자 잠깐 동안 이모할머니의 눈이 생기로 빛났다.

"나는 요즘 한글을 배우고 있어."

"한글이요?"

이모할머니가 손을 뻗어 문갑의 손잡이를 열더니 그 안에서 한국어 교재 두 권을 꺼내 왔다.

"응, 노인들한테 한글을 가르쳐주는 학교가 있거든."

그리고 이모할머니는 책을 펼쳐 보였다. 책에는 서툰 글씨로 쓰인 가위, 나비, 다리미 따위의 낱말들이 있었다.

"글자를 읽을 수 있으니 간판도 읽고, 너무 좋아. 내 이름도 쓸 수 있어."

이모할머니는 임복례,라는 글자를 연필로 써 보이더니 이야기를 시작했다. 김 권사 할머니 아들이 학교를 알아 와서 같이 다니기 시작했는데, 벌써 2학년이라고. 그 학교에서 이모할머니는 가장 고령의 학생이었다.

"옛날에 말이야."

그날 이모할머니가 들려준 또 다른 이야기는 이런 내용이었다. 오빠들은 모두 학교에 가는데 홀로 집에 있어야 했던 어린 시절 이모할머니의 낡은 창밖을 내다보며 누군가

눈이 내리네　　　　　205

가 오지는 않을까 기다리는 것이었다. 이모할머니는 하염없이 기다렸다. 해가 나든 비가 오든, 누군가가 나타나 지루한 일상을 뒤흔들어주기를. 늘 그래왔듯 그렇게 창밖을 내다보기만 하던 이모할머니가 문득 몰래 바깥에 나가봐야겠다고 결심을 한 건 음력 5월의 어느 날이었다.

"갑자기요? 어디를 가려고요?"

뭔가 추임새를 넣어야 할 것 같아서 다혜가 물었다.

"처음엔 어디를 가야 할지 몰랐어."

집안 어른들은 모두 뽕밭에 나가 있던 계절이었다. 아직 열 살밖에 안 된 이모할머니는 나무에 열린 오디를 따 먹으면서 연초록빛이 가득한 흙길을 그냥 걸었다고 했다.

"겁도 없지. 길을 잃으면 어쩌려고."

이모할머니가 고개를 절레절레 저었다.

"그치만 그때 먹은 오디는 맛있었지. 정말 달았어."

발길이 닿는 대로 걷다 보니 도착한 곳이 오빠들이 다니는 학교였다. 수업 중인지 학교는 조용했고, 아무도 보이지 않았다. 처음부터 학교 안으로 들어가보려던 건 아니었다. 하지만 막상 건물을 보고 있자니 교실, 자기에게만 허락되지 않은 그 공간이 이모할머니는 너무 보고 싶어졌다.

"그래서 까치발을 하고 몰래 창 너머를 훔쳐봤지. 책을 펴놓고 글을 읽는 애들이 얼마나 대단해 보였는지 몰라. 그땐 정말 상상도 못했어. 언젠가는 나도 오빠들처럼 글을 쓸 수 있게 될 거라고는."

모과나무집에 살던 시절과 달리 그날 다혜가 이모할머니의 이야기를 집중해 들을 수 있었던 것은 착각을 하고 있었기 때문이었다. 어디선가 불어온 바람에 실려 연갈색의 메마른 나뭇잎이 이따금 작은 새처럼 빈 나뭇가지 사이로 날아다니는 모습을 창문 너머로 건너다보면서 그날 다혜는 자꾸 끝이라는 단어를 떠올리고 있었다. 할머니도 아시겠지. 그렇지 않다면 집을 정리하기 위해 수술 전에 일부러 집에 다시 찾아올 필요는 없을 것이었다. 그렇게 생각하자 다혜는 서글퍼졌는데, 끝을 준비할 수밖에 없는 마음을 어렴풋이 짐작할 수 있을 것 같았기 때문이었다.

어쩌면 이게 할머니와의 마지막 대화가 될지도 몰라. 다혜는 이모할머니의 창백한 얼굴을 보며 생각했다. 전신마취가 할머니의 생을 소리 소문 없이 앗아 가버릴지도 모르니까. 이모할머니는 그것을 각오하고 있을 거였다. 그러면 이집은? 시간이 흐르면 대문의 페인트는 벗겨져 검버섯이 핀듯 얼룩덜룩해지고, 방문의 경첩들은 녹슬어 끼익끼익 소리를 내고, 노쇠한 수도관엔 이물질이 쌓이다 막히고 터져버릴 것이다. 그러다 종국엔 이 집도 허물어지고 말겠지. 그런 생각이 다혜를 슬프게 만들었다. 할머니는 대체 왜 지금

한글을 배운 걸까? 이제 와 무슨 의미란 말인가? 할머니는
이미 마음의 준비를 마쳤고, 죽음이 할머니의 쇠약한 육체
를 자유롭게 해주기만을 기다리고 있으면서.

"수술을 꼭 받으셔야 해요?"

다혜가 깍지 낀 두 손을 상에 내려놓으며 물었다.

"응, 하루를 살아도 안 아프게 살고 싶어."

"좀더 오래오래 사셔야죠."

부질없는 말인 줄 알면서도 다혜가 말했고, 그건 다혜의
진심이었다.

"그러니까 말이야. 그래서 수술도 하는 거야."

처음에 다혜는 이모할머니의 말이 무슨 뜻인지 이해할
수 없었다. 하지만 이윽고 놀라움 속에서 할머니가 말하려
고 한 바를 이해했다.

"눈이 내리네!"

이모할머니가 창밖을 바라보며 낮게 탄성을 내뱉은 것은
잠시 후의 일이었다. 유리창 밖에서는 어느새 정말 눈송이
가 날리고 있었다.

"이게 올해 첫눈이야!"

그렇게 말하는 이모할머니의 얼굴은 얼마나 천진했던가.

눈을 감으면, 다혜는 여전히 그날의 풍경을 볼 수 있다.
마지막 힘을 내는 보일러가 방문 저편에서 부드럽게 으르

렁거리는 소리. 바람이 불 때마다 연회색 하늘을 배경으로 미세하게 진동하던 잔가지들과 창을 더 잘 보기 위해 열어 젖혔을 때 그녀의 손에 닿았던 자카르 커튼 자락의 감촉. 겨울 묘지처럼 보이던 황량한 마당 위에 눈송이가 하염없이 떨어지고, 이모할머니와 다혜는 말을 잃은 채 앙상한 나뭇가지와 메마른 꽃 덤불이 흰빛을 덧입는 광경을 바라본다. 눈을 난생처음 보는 어린아이들처럼. 고요한 즐거움을 느끼며.

스무 살 때 다혜는 자신이 언젠가는 늙을 것이라는 사실을 조금도 믿지 못했다. 겨우 스물여덟 살이었을 때는 이제 늙어버린 노인의 마음을 알 것만 같다고 생각하고 있었고. 노인의 마음을 안다고 믿었다니. 주제넘은 오만. 어리석은 소리. 다혜는 아무것도 몰랐다. 여전히, 지금도.

그것은

무엇이었을까?

우리는 숲속에 위치한 리조트에 가기로 했다. 집에 가야 할 시간을 고려하지 않고 넷이 모여 함께 노는 건 정말 오랜만이었다. 우리가 대학 내 유적 답사 동아리에서 만나 어울려 지내던 시절에는 같이 여행을 다니는 게 아주 흔한 일이었다. 하지만 이제 우리는 모두 사십대의 끝자락이고, 1년에 한 번 만나는 것조차 어려운 사이가 되어 있었다. 앙금이 쌓였거나 다퉈 사이가 틀어진 것은 아니었다. 그저, 이 나이대 사람 대부분이 그러하듯 각자의 인생을 사는 데 바빴을 뿐. 우선 오랫동안 독일에서 유학했던 주미는 이제 캐나다에서 아르헨티나 출신 남자와 살고 있었다. 외국에서 대학생들을 가르치며 사는 주미를 보기가 힘든 건 당연했지만,

같은 한국 하늘 아래 살더라도 결혼해 신도시에서 아이를 키우고 있는 소희와 결혼을 안 한 나나 다혜 사이엔 예전만큼 접점이 많지 않았다. 회사원인 다혜와 프리랜서 통역가인 나의 일상이 겹치기도 힘들었고. 넷이서 마지막으로 다 같이 시간을 보낸 게 언제더라? 어쩌면 11년 전, 그 사고 이후 주미가 한국을 방문한 걸 계기로 소희네 집에 늦은 집들이 겸 갔을 때가 마지막일지도 몰랐다. 2년 전 다혜 아버지의 장례식이 주미를 뺀 나머지 셋이라도 함께한 마지막 자리가 될 수도 있었으나 안타깝게도 그곳엔 내가 참석하지 못했다. 당시 나는 갑작스러운 염증 반응으로 온몸이 퉁퉁 붓고 고열에 시달려 병원에 입원해 있었다. 온갖 검사를 하고도 원인을 밝혀내지 못한 의사는 스트레스와 긴장 탓일 것 같다며 일을 줄이라고 권했지만, 나는 끝내 그러지 못했다.

주미가 방학을 맞아 귀국했을 즈음 나는 몇 달째 알 수 없는 무기력증에 시달리며 그 대가를 혹독하게 치르고 있었다. 아침에 침대에서 몸을 일으키는 것조차 힘들어 몇 시간 동안 천장만 보며 누워 있는 날들이 계속되었는데, 그건 그 전까지 내 인생에는 없던 일이었다. 나는 그 누구도 강제한 적 없지만 언제나 새벽 5시에 알람을 맞추고 일어났다. 깨자마자 공복에 미지근한 물을 한 잔 마신 후 수영을 하러 갔고, 집에 돌아와서는 한국어로 된 신문을 정독하거나 영어로 된 뉴스를 보며 언제고 일거리가 주어졌을 때를 대비해 어휘와 표현을 공부했다. 젊은 나이에 경제적 자유를 얻었다고 말하는 유튜버의 동영상을 우연히 본 이후에는 자투리 시간에 경제 관련 책을 읽었고, 매일 밤 잠자리에 들기 전 인생의 동력을 잊지 않기 위해 노트에 목표와 나에 대한 긍정적인 메시지를 적었다. 나는 끊임없이 발전하기 위해 노력했는데, 그건 미래가 불안정한 프리랜서 통역사의 삶을 선택한 이상 기꺼이 감내해야 하는 일처럼 여겨졌다. 하지만 어느 날, 스스로를 다그치는 것이 직업과 무관하게 아주 오래전부터 내가 지니고 있는 삶의 태도라는 깨달음이 느닷없이 나를 찾아왔다. 내 상태를 걱정하기 시작한 애인의 손에 이끌려 찾아간 심리상담소에서 상담사는 안경을 손끝으로 올리며 그것이 나의 어머니의 죽음과 관련이 있는 것 같다고 말했는데, 생각해보면 그건 일정 부분 맞는 말이었다. 고등학교 2학년 때 가정주부였던 엄마를 잃은 이후, 나는 내가 엄마의 삶이 유의미했음을 세상에 알려줄 유일한 증거라고 믿었고—나와 달리 아무것도 하지 않아도 그 존재만으로 엄마와 아빠의 사랑을 듬뿍 받아왔으나, 삼수를 하고서도 원하는 대학에 입학하지 못했고 지금껏 변변한 직업조차 갖지 못한 채 오십대가 되어버린 오빠가 아니라 내가—그것을 증명하기 위해 애썼으니까. 하지만 그 사실을 깨달았다고 해서 무기력증에 시달리며 인생을 낭비하고 있는 스스로가 한심하지 않게 느껴지거나, 인생의 활기를 마법처럼 되찾을 수 있는 것은 아니었기 때문에, 주미가 모처럼 아이도 없이 혼자 한국에 와 머무는데 1박 2일 호캉스를 하러 가지 않겠느냐고 다혜가 단체 채팅방에 제안했을 때 나는 썩 내키지 않았다. 주미가 3년 만에 귀국한 것인데도. 그만큼 누군가를 만나는 일이 귀찮기만 했고, 어디를 가기는커녕 손가락 하나도 꼼짝하고 싶지 않았다. 하지만 이야기를 들은 애인은 무기력할수록 다녀와야 한다고 나를 독려했다. "기분 전환이 될 거야." 그러려나. 마음이 조금 동하긴 했지만 내가 마침내 좋다고 메시지를 보낸 건 그 때문만은 아니었다. 나는 다혜 아버지의 기일이 이맘때였다는 것을 다행히 기억해냈고 장례식에 가지 못했던 미안한 마음을 이런 식으로나마 조금이라도 덜고 싶었던 것이다.

우리가 묵기로 한 숙소는 겨울엔 스키장, 여름엔 워터 파크 이용객으로 붐비는 리조트였다. 다혜가 회사를 통해 꽤 좋은 객실을 매우 합리적인 가격으로 예약할 수 있는데 가지 않겠느냐고 물었을 때, 어차피 만나서 밀린 이야기를 나누는 게 목적이었으므로 누구도 반대할 필요를 느끼지 않았다. 우리는 계획대로 6월의 어느 주말, 차량 두 대에 넷이

나눠 타고 리조트로 떠났다. 여행을 떠나기 전엔 오랜만에 다 같이 붙어 지내는 게 어색하지 않을까 우려됐는데 차를 타고 가는 동안 그런 걱정을 한 게 무색해졌다. 한강이 반짝이고 녹음이 우거진 풍경을 차 안에서 내다보니 오래전 함께 기차나 고속버스를 타고 떠났던 여행의 기억이, 그때의 설렜던 기분이 조금씩 마음속에 되살아났다. 우리가 답사 활동과 무관하게 처음으로 넷이서 함께 여행을 떠난 것은 2학년이 시작되기 전의 2월이었다. 여러 동기 중 어쩌다 우리 넷이 같이 가게 되었지? 그것은 잘 기억나지 않았다. 당시 인기 있던 여행지여서 선택했을 남이섬에서 우리가 무엇을 했는지 더 이상 기억나지 않는 것처럼. 하지만 헐벗은 나무들 사이로 비추던 길고 길었던 초봄의 햇빛만은 나도 기억하고 있었다. 아직 어렸던 우리를 향해 희망을 속삭이는 듯했던 그 햇빛.

숙소에 도착하기 전 우리는 잠시 차에서 내려 연잎으로 뒤덮인 강을 내다보며 점심을 먹기도 했다. 숯불닭갈비는 물론 부드럽게 부풀어 오른 계란찜도 들기름 향이 고소한 막국수도 모두 맛있어 나는 몇 달간 식욕을 전혀 느끼지 못했던 것이 무색하게 음식을 제법 먹었다. 다혜가 덕분에 장례식을 잘 치렀는데 변변히 답례도 하지 못했다며 점심 식사 비용을 내서 마음이 조금 무거워졌다.

"미안해. 장례식에도 못 가고."

"괜찮다니까. 아팠잖아. 조의금도 두둑히 줬고."

다혜가 웃으며 내 어깨를 다독였다.

그런 다음 우리는 마당에 나란히 앉아 풍경을 바라보며 카운터 앞에 놓여 있던 요구르트를 하나씩 마셨다. 강물에 떠 있는 연초록의 연잎들이 은은한 바람이 불 때마다 물결처럼 반짝이며 움직였고, 옥수숫대가 들판마다 푸르게 솟아 있었다.

허름한 외관의 골프웨어 할인 매장들과 강변을 따라 핀 능소화를 지나쳐 숙소에 도착한 것은 오후 4시쯤이었다. 다혜가 예약한 방의 내부는 인터넷으로 미리 검색해 확인한 것보다 컸다. 방 두 개에 거실이 하나인 구조였는데 전체적으로 깔끔한 화이트 톤 벽지에 원목 가구들이 배치되어 있었다. 거실에선 창 너머로 워터 파크와 숲이 보였다. 6월이라 신록으로 물든 산이 아름다웠다.

"와, 뷰가 끝내주네."

주미가 테라스로 향한 문을 열며 말했다.

"애들도 데려오면 좋아했겠다, 그치?"

"글쎄다, 우리 애는 다 커서. 엄마랑 다니는 거 이제 별로 안 좋아해." 소희가 말했다.

"세나가 이제 중학생인가? 고등학생?" 내가 물었다.

"고2. 얼마 전에는 뭐라는 줄 알아? 시험 성적 가지고 야단을 쳤더니, 그러는 거야. 엄마처럼 대학 가면 뭐 해? 그래봤자 집에서 설거지나 하는 걸."

"정말 그런 말을 했어?" 다혜가 깜짝 놀란 목소리로 물었다.

"애 잘 키우려고 꿈도 포기하고 진짜 아등바등하며 열심히 산다고 살았는데. 정말, 덧없어."

그렇게 말하면서도 소희는 사진을 찍어 딸에게 보냈다.

그날 오후, 우리는 리조트 내 카페에서 커피를 마셨고 산책을 했다. 성수기가 아니라 리조트 안은 놀랄 만큼 고요했고, 광장 한가운데 조성된 아름다운 분수의 보석처럼 빛나는 물줄기만이 경쾌한 소리를 내며 떨어졌다. 초록의 나무들이 크고 우람하게 우거져 있고 청설모들이 뛰어다니는 숲속을 거니는 투숙객은 거의 없었다. 카페 안에만 커다란 밀짚모자를 쓰거나 오프숄더 블라우스로 한껏 피서 분위기를 낸 여성들이 드문드문 자리를 잡고 앉아 이야기를 나누고 있었다. 한가한 중년 여성들이네, 하고 생각하다가 나는 불에 데인 듯 놀랐다. 나이가 아주 많은 여성들이라 생각했는데 사실 그들과 우리가 거의 비슷한 연배고 다른 사람들이 보기에 우리라고 다를 것이 없다는 사실을 자각했던 것이다. 텅 빈 골프장이 내다보이는 카페에서 커피를 마신 후,

승마장에 가보고 싶다고 한 것은 소희였다.

"나 이런 데 처음 와보거든."

그건 나도 마찬가지였다. 정해놓은 할 일이 딱히 없었으므로 우리는 리조트 안에 있다는 승마장을 향해 비탈을 걷기 시작했지만 걸어도 걸어도 승마장 표지판이 나오지 않았다. "걸어서는 절대 갈 수 없어요. 차를 타고 이동하셔야 해요." 한참을 걷다 만난 리조트 직원에게 우리가 길을 물었을 때 직원은 있을 수 없는 일을 시도한다는 것처럼 휘둥그레진 눈으로 말했다. 우리는 재미있는 농담이라도 들은 것처럼 웃고는 승마장에 가는 걸 포기하고 숙소로 되돌아 갔다가 저녁을 먹기로 했다.

"어머, 저건 까마귀인가?"

숙소를 향해 비탈을 걸어 오르는데 다혜가 말했다. 다혜의 말에 따라 다 같이 고개를 들어 나무 위를 올려다봤다. 아주 커다랗고 신비로울 정도로 검은 까마귀였는데, 까마귀가 퍼드덕 날갯짓을 하며 날아올랐다. "굉장히 우아하게 날아가네!" 소희가 탄성을 지르듯 말했다. 숙소에 도착했을 때 나는 주미가 말이 없고 안색이 창백하다는 것을 알아챘다.

"무슨 일 있어?"

"아냐, 괜찮아."

주미는 웃어 보였고, 조금 후엔 정말 괜찮아 보였으므로 나는 더 이상 걱정하지 않았다. 우리는 저녁 식사로 한방백숙을 사 먹으려 했지만 성수기가 아닌 탓인지 세 번이나 허탕을 친 후 하는 수 없이 민물매운탕을 먹었다. 숙소로 돌아오는 길에는 마트에 들러 술과 안줏거리를 잔뜩 샀다.

"이러고 있으니 옛날 생각 난다."

비닐봉지 가득 담아 온 술을 냉장고에 정리하면서 주미가 그렇게 말하곤 웃었다.

그날 밤 잠시 화장실에 갔다가 나왔을 때, 친구들은 맥주를 마시며 대학 시절 떠났던 답사에 얽힌 추억을 이야기하고 있었다.

"상아야, 얼른 와봐. 우리 강화도 답사 갔을 때 너도 같이 갔지?"

나를 향해 다혜가 물었다.

"응, 나도 갔어. 1학년 2학기 때였잖아."

나는 부엌을 지나 모두 모여 있는 거실로 가 소파에 걸터앉았다. 주미는 ㄱ자 소파의 ㅡ 부분에 앉아서 팔공산에 올랐던 일에 대해 손짓발짓을 하며 신나게 이야기하고 있었다.

"거기 정상까지 오르느라 너무 힘들었잖아." 소희가 말했다. "정상에 오르니 자식들 대학 입시 합격을 기원하는 학부모들이 참 많았는데, 그치?"

소희는 나보다 한 살이 많았는데, 전문대학을 다니다가 재수를 한 탓이었다. 친한 사람들과 있을 땐 말도 잘하고 명랑하지만 기본적으로는 내성적인 편이었고, 그래서인지 신비로운 분위기를 풍겨 학교 다닐 때 인기가 많았다.

"왜 절들은 다 산속에 있는 걸까? 답사 갈 때마다 등산을 해야 하는 게 너무 싫었어."

에어컨을 켰는데도 더운지 휴지로 연신 땀을 닦아내며 다혜가 말했다. 잦은 야근과 노부모를 돌보는 스트레스로 이십대 때보다 25킬로그램은 더 쪘다는 다혜는 그 탓인지 더위를 많이 탔고, 쉽게 지쳤으며 고혈압과 관절염을 앓고 있었다.

우리의 대화는 동아리 선후배들의 근황과 그 시절 답사를 다니며 겪었던 에피소드 사이를 자유롭게 오갔다. 누군가가 경주 갔을 때 이야기를 꺼내자 왕릉 위로 흰 눈이 내리던 어느 겨울의 풍경이 눈앞에 떠올랐다. 집에 일이 있다며 답사에 따라오지 않았던 P에게 내가 남겼던 메시지는 무슨 내용이었던가. 그 내용은 잊었지만, 회신이 오길 기다리며 언 손을 꼭 쥔 채 새하얗게 눈에 덮여가는 왕릉을 보던 그날의 마음만은 여전히 기억했다.

"나는 우리가 배를 타고 백마강을 건넜을 때가 가장 즐거웠던 것 같아." 주미가 말했다.

무게의 균형이 달라질 때마다 불안정하게 흔들리던 배. 앞으로 전진할 때마다 물의 주름이 부드럽게 퍼져 나가고, 선선한 바람이 우리의 이마를 쓸었다.

"그때 숙소에서 불 날 뻔하지 않았어?" 그 이야기를 꺼낸 건 다혜였다.

"그럼, 장판에 불이 붙었잖아." 소희가 맥주병 뚜껑을 따며 말했다.

다혜가 언급한 그 일은 1학년 봄 첫 답사 때 일어났다. 숙소에 도착해 몇몇은 버너에 고기를 굽고 몇몇은 찌개를 끓이고 있는데 갑자기 한쪽에서 비명 소리가 나더니 장판에서 불길이 치솟았다. 나를 포함한 대부분이 비명만 질러댔기 때문에 자칫하면 큰 사고로 이어질 뻔했던 소동이었으므로 잊어버릴 수는 없었다.

"그때 왜 불이 붙었지?"

"그건 기억이 안 나. 버너에서 옮겨붙은 건가?"

"몰라, 나도 기억 안 나. 근데 그때 그 불 어떻게 껐는지는 기억나."

"복학생들이 담요 같은 걸로 끄지 않았나?"

"응, P가 담요를 가져와서 순식간에 껐어."

불이 나게 된 경위에 대해 넷이서 두서없이 질문과 답을 주고받다가 불길 위로 담요를 내리치던, 지금 생각하면 앳된, 하지만 그때는 아주 늙은 사람처럼 생각되던 복학생 선배들에 대해 이야기를 하며 우리는 깔깔댔다.

"그때 우리가 묵은 민박집 기억나? 도대체 어떻게 그런 데서 잘 수 있었을까? 답사 때 묵던 숙소들엔 샤워기도 없어서 대야에 물을 받아서 머리를 감고 발을 닦아야 했잖아." 주미가 웃으며 말했다.

"모기장도 다 뜯어져 있어서 모기엔 또 얼마나 물렸게." 내가 맞장구를 쳤다.

"옛날엔 숙박비가 제일 아까웠던 것 같아. 우리 유럽 배낭여행을 할 때 돈 아낀다고 열두 명이 한 방을 쓰는 도미토리에 묵은 적도 있었잖아." 소희가 말했다.

"아, 이층 침대 여섯 개가 놓여 있던 데? 제일 싼 데 구했더니 남녀 혼숙이었지? 너 그때 무섭다고 스위스 아미 나이프 쥐고 잤잖아." 내가 소희를 보며 소리 내어 웃었다.

"내가 좀 보수적인 집에서 컸니. 근데 중간에 꼈더니 대각선 아래층 침대 남자애가 다 벗고 자는지 새하얀 엉덩이가 보이는 거야. 나 백인 남자 엉덩이 본 게 그때가 처음이자 마지막이잖아. 지금이면 좋은 구경 했다 생각했을 텐데, 그땐 진짜 얼마나 놀랐는지."

우리는 그 후에도 우리가 겪은 인생 최악의 숙소에 대해서 조금 더 말했다. 문이 제대로 닫히지 않아 샤워만 하면 침대 앞까지 물바다가 되던 부산의 모텔과 매트리스에서 빈대가 나오던 파리의 호텔 등등에 대해서.

　"나는 이제는 그런 데서 못 잘 것 같아. 예전에는 경비를 줄여서라도 여행을 열 번 가고 싶었는데, 이젠 열 번 갈 것 한 번 가도 좋으니 편하게 가야지, 안 그러면 온몸이 아파." 내가 말했다.

　"나도 그래. 한국에 올 때마다 앞으로 비행기를 얼마나 더 탈 수 있을까 하는 생각이 들거든." 주미가 말했다. "이번에도 오는데 손이랑 발이 다 퉁퉁 부어서 반지가 안 빠지는 거 있지? 허리가 아픈 건 말도 못 하고."

　그래서 우리의 대화는 자연스럽게 운동에서 영양제로, 유한재라는 걸 자각하게 된 관절과 치아에 대한 이야기로 흘러갔다가 완경과 호르몬, 오염된 해산물과 기후변화로 넘어갔다.

　"얼마 전에 제주에서 어미 남방큰돌고래가 죽은 어린 아기 고래를 들쳐 업고 장례를 치르는 영상 봤어?" 주미가 물었다.

　"응, 너무 슬프지? 최근 들어 제주 바다에서 폐사하는 아기 돌고래가 자주 발견된다던데, 인간들이 죄가 너무 많다,

너무 많아." 다혜가 거들었다.

남방큰돌고래의 장례식에 대해 들어본 적 없던 나는 휴
대전화로 영상을 검색했다. 영상 속에서 어미 남방큰돌고
래는 죽은 아기 고래를 숨 쉬게 하려고 등에 업은 채 헤엄을
치고 있었다. 영상의 해설자에 따르면 어미 돌고래는 아기
돌고래의 살이 산산이 부서져 자연으로 돌아갈 때까지 그
렇게 업고 다닌다고 했다. 우리는 푸른 바다 위에서 수많은
남방큰돌고래가 빙글빙글 도는 모습을 조그만 화면을 통해
지켜보았다. 육신이 물에 다 쓸려 나가 아무것도 남지 않을
때까지 죽은 아이를 업고 다니는 어미라니. 그 이야기를 꺼
낸 것이 주미라는 사실을 다혜나 소희도 나처럼 의식하고
있을 거였다.

"너희 부모님들은 다 건강하시지?" 다혜가 물었다.

"우리 아빠는 요즘 방사선치료를 받고 있어." 소희가 말
했다.

"아, 정말? 전혀 몰랐어." 내가 놀라 소희를 바라봤다.

"응, 경과가 나쁘지는 않은데 갑자기 확 늙어버리신 것 같
아. 얼마 전엔 시어머니가 심장 수술도 받으셨거든. 그래서
사실 정신이 없어서 한동안 너희들한테 연락할 겨를도 없
었어."

"그랬겠다. 두 분 다 잘 이겨내실 거야." 다혜가 소희의 손

을 한 번 꼭 쥐었다 놓으며 말했다.

"응, 그러셔야지." 분위기가 무거워지는 게 싫었는지 소희는 그렇게 말하더니 밝은 목소리로 덧붙였다. "그런데 아직 졸린 사람 없어? 벌써 새벽 1시인데. 난 이제 옛날처럼 밤을 새울 수가 없어. 밤을 새우면 며칠은 일상생활이 안 될 만큼 피곤하거든."

"일찍 자면 중간에 화장실 가려고 깨게 되지 않아? 옛날에 엄마가 그러면 왜 그러나 싶었는데, 내가 그러고 있더라니까. 조금만 더 마시고 자자. 내일이 오는 게 아깝지만." 주미가 말했다.

"맞아, 맞아. 난 세 번도 깨." 소희가 말하고는 일어섰다. "그럼 말이 나온 김에, 잠시 화장실에 다녀오겠습니다." 소희가 약간 비틀거리더니 이내 복도 저편으로 사라졌다.

"너희 부모님들은 어떠셔?" 소희가 복도 쪽으로 걸어가는 걸 지켜보다가 다혜가 주미와 나에게 물었다.

"얼마 전 백내장 수술 받으신 걸 빼면 다행히 우리 아빠는 건강하셔. 넌 좀 어때?"

다혜의 아버지는 전립선암을 몇 년째 앓다 수술을 받으셨는데, 우유를 사러 나가던 길에 암이 아니라 뇌출혈로 느닷없이 세상을 떠나셨다. 다혜가 식단을 짜가며 수술 후 암이 재발하지 않도록 잘 관리한 덕에 다들 안심하고 있었던 터라 그건 모두에게 놀라운 소식이었다.

"생각나면 좀 울다가, 다시 또 이렇게 웃다가. 그러고 있지." 말을 마친 다혜는 갑자기 뭔가가 생각났다는 듯 양말을 벗더니, "이거 봐라, 나 발 진짜 못생겼지?" 하고는 금방이라도 눈물을 쏟을 것처럼 코가 빨개진 채로 웃었다.

"내 발 진짜 아빠 발이랑 똑같거든. 근데 우리 아빠는 새끼발가락 하나가 없다? 옛날에 교통사고를 당해서 그렇다는데, 어렸을 때는 맨날 나한테 악어가 물어 가서 하나가 없다고 그랬어. 나는 그걸 또 오랫동안 믿었고."

다혜의 울먹이는 듯한 목소리를 듣는데 한 번도 만난 적 없는 다혜의 아버지가 내 머릿속에 그려졌다. 악어와 맞서 싸우더라도 발가락 하나 말고는 아무것도 잃지 않을 수 있었을 법한, 건강한 육체를 지닌 한 남자가.

"사람은 죽으면 어디로 갈까?" 다혜가 물었다. "죽는 거에 대해 생각해본 적 없어? 난 요즘 죽음에 대해 자주 생각해. 얼마 전에는 TV를 켰는데 110세 할머니가 나오더라고. 왜 어떤 사람은 그렇게 오래 사는데 누군가는 금방 죽을까?"

취했는지 다혜가 그런 말을 해 나는 놀라 주미를 봤다. 내 시선을 의식한 주미가 소리 내지 않고 입 모양으로 괜찮아, 하고 말했다. 그건 '괜찮아?'였을까, '괜찮아'였을까.

"얘들아, 이리 와봐." 복도 안쪽에서 소희가 소리를 지른

건 다혜가 꾸벅꾸벅 조는 사이 나와 주미가 테이블 위에 어질러진 술병들을 치우고 있을 때였다. "여기 옷장 안에 오르골이 있어!"

소희의 성화에 몸을 일으키는데 취기가 오르는 것이 느껴졌다. 소희가 열어젖힌 복도 붙박이장 안에는 정말 커다란 오르골이 있었다. 붙박이장 문과 연결되어 있는 것인지 문을 닫으면 아무 소리가 들리지 않지만 열면 태엽이 감기는 듯 음악이 흘러나왔다.

"이런 걸 왜 만들어놨을까? 애들 좋아하라고 만든 건가?" 아주 커다란 크리스털 전구가 안에 담겨 있는 흰 새장 모양의 오르골을 보며 주미가 황당하다는 듯 말했다.

우리는 옷장 앞에 서서 잠시 음악을 들었다. 영롱한 음악 소리와 함께 크리스털이 반짝반짝 빛났다.

"예쁘긴 한데 정말 이런 게 여기 왜 있는 거지?" 소희도 영문을 모르겠다는 표정이었다. "옷장 속에 시체 같은 게 있는 호텔은 연극이나 영화에서 본 것 같지만 오르골은 정말 상상도 못 했네."

우리는 이제 복도 바닥에 나란히 쭈그리고 앉아 오르골에서 흘러나오는 음악 소리를 들었다.

"아, 옷장 안 시체 얘기를 해서 그런가, 내가 몇 년 전 여행할 때 숙소에서 겪은 진짜 이상한 일 하나가 생각났어." 주미가 조그만 목소리로 그렇게 말한 건 내가 오르골 소리를 따라 흥얼거리다 그것이 멘델스존의 「봄의 노래」라는 걸 알아차렸을 때였다.

"아까 얘기했던 최악의 숙소 시리즈에 이어지는 거야?" 다혜가 눈을 비비며 물었다.

"숙소 자체가 최악은 아니었는데, 거기서 벌어진 일이 최악이었어."

"뭐든 좋아. 이야기해봐. 거기 붙박이장 속에서 오르골 대신 해골이라도 나온 거야?" 내가 물었다.

"뭐, 비슷해."

"술이 확 깨네. 얼른 이야기해봐." 다혜가 이야기를 재촉했다.

"아냐, 아직 하지 말아봐. 술 좀 가져올게." 술에 취하면 발랄해지는 소희가 거실로 가서 술병과 잔 네 개를 가져왔다. "됐어. 이제 시작해."

"사실 내가 한동안 조류 공포증이 있었거든?" 주미가 이야기를 시작했다.

"네가? 옛날엔 없었잖아." 내가 물었다.

"10년 전에 생겼어. 이젠 많이 나아졌지만."

"왜?" 다혜가 물었다.

그렇게 그날 밤 주미가 들려준 이야기는 12년 전 주미가 첫 아이를 갑작스럽게 교통사고로 잃고 난 이듬해의 일이었다. 그해 여름, 주미네 부부는 유학 시절 알던 지인의 초대로 독일의 한 소도시에서 2주간 머물게 되었다. 주미가 머물던 숙소는 그들 부부를 초대해준 지인의 빈 아파트로 지인은 휴가차 사르데냐에 가 있었다. "구시가지에 있는 아파트였는데, 엘리베이터가 없어서 무거운 캐리어를 들고 3층까지 계단을 올라야 했어." 주미가 말했다. 방 하나와 거실 하나로 이루어진 작은 아파트에는 더 이상 사용하지 않아 철제 가림판으로 입구를 막아두긴 했지만 조형적으로 아름다운 대리석 벽난로가 각각 하나씩 있었다. 유럽 집답게 에어컨도 없었고 방음도 거의 안 되는 집이었지만 그 무렵 주미는 많은 것에 무감한 상태였으므로 숙소는 아무래도 좋았다고 했다.

"독일에 도착하고 첫 한 주 동안 우리의 일상은 단조로웠어."

일부러 그러자고 정한 것은 아니었지만 그들은 대부분의 시간을 각자 보냈다. 아이를 잃은 이후 한동안 서로를 책망하지 않기 위해 그렇게 지내는 게 그들에게는 자연스러웠다고 주미는 말했다. 남편은 자전거를 구해다 아침부터 저녁 늦게까지 수십 킬로미터를 달렸고, 주미와 저녁을 같이 먹고 난 이후엔 녹초가 되어 잠들곤 했다. 주미는 남편이 자전거를 끌고 나가면 인근 신학대학 도서관에 가서 논문을 온종일 읽었다. 사람들은 아이가 죽었는데도 끊임없이 논문을 발표하는 주미를 비난했으나, 주미에게 잡념이 들지 않게 해주는 일이 그것밖에 없었던 데다가 공부를 한답시고 육아에 소홀해서 아이를 잃었다는, 사실도 아닐 뿐더러 자신에게 부당하기까지 한 생각이 찾아와 괴로울 때마다 오히려 악착같이 학자로서 더 성공해 보여야 한다는 이상하고도 맹렬한 광기에 사로잡히던 날들이었다고 주미는 말했다.

"도서관에 가면 매일같이 창가 쪽에 자리를 잡고 앉았어."

아우구스티누스, 본 회퍼 등의 저서나 성경책 따위가 늘 가지런히 놓여 있는 누군가의 옆자리였다. "녹음이 우거지고 환한 자리라 마음이 이끌려 앉기 시작했는데, 자세히 보니 대로 건너편의 녹지는 공원이 아니라 묘지였어."

논문을 읽다 고개를 들면 바람에 몸을 떠는 연록의 잎새들이나 묘지 위에 돋아난 붉고 노란 꽃들이 보였다. 이따금은 묘지 입구에 차를 세워놓고 트렁크에서 무엇인가를 꺼내는 백발의 노인이나, 자매처럼 손을 맞잡고 묘지 안으로 들어가는 나이 든 여자들도 보였다. 그런 풍경이 이상하게 주미에게 위로가 되었다.

그렇게 좋은 기억으로만 간직될 뻔했던 그 독일 여행이

완전히 다른 국면으로 접어든 건 어떤 소리 때문이었다. 어느 밤, 평소처럼 자고 있던 주미의 귀에 어떤 소리가 반복적으로 들려왔다.

"어떤 소리?" 내가 물었다.

"응, 어떤 소리."

"이제 드디어 해골이 등장하는 거야?"

다혜가 분위기를 조금 띄우려는 듯 장난스럽게 말해 우리는 조그맣게 웃었다. 하지만 주미가 금세 차분한 목소리로 말을 이었고, 우리는 이내 다시 이야기에 빠져들었다.

"그건 정말 이상한 소리였어."

파바바밧. 타타탓. 누군가가 확성기에 대고 비닐봉지를 재빠르게 구겼다 펴는 것 같기도 하고, 정신을 차릴 수 없는 속도로 철문에 노크를 해대는 것 같기도 한 소리. 대체 무슨 일이지? 주미는 소스라치게 놀라 자리에서 몸을 일으켰다. 정체 모를 소리는 침대 옆에 있는 벽난로에서 들려오고 있었다.

— 잠깐만 일어나봐.

두려워진 주미는 남편을 깨웠지만 곯아떨어진 그는 한번에 일어나지 않았다.

— 일어나봐, 나 너무 무서워.

협탁의 램프를 켰다. 주미가 흔들어 깨우는 게 싫어 짜증을 내며 돌아누우려 하던 남편도 이상한 소리를 듣고는 몸을 일으켰다.

— 대체 무슨 소리지?

— 쥐가 아닐까?

주미의 질문에 남편이 반신반의하는 목소리로 되물었다. 쥐? 언젠가 번화가의 후미진 골목에서 보았던 쥐를 주미는 떠올렸다. 꼬리가 길고 징그러웠던 새까만 쥐. 오래된 건물이니까 불가능한 일은 아니었다.

"하지만 쥐가 내는 소리가 맞다면 그 쥐는 꼬리에 불이라도 붙었던 게 틀림없어. 쉴 새 없이 빠르게 어딘가에 부딪치는 소리를 냈으니까. 마치, 그러니까 마치……"

"마치?" 내가 물었다.

"마치 날갯소리처럼."

"벽난로 안에 새가 있었던 거야?" 소희가 놀라서 물었다.

"가만히 들으면 들을수록 벽난로 안에서 들려오는 그 소리는 날갯짓 소리였어. 우리는 벽난로와 연결된 굴뚝으로 비둘기가 떨어진 게 틀림없다고 결론을 내렸지. 도시 곳곳에서 비둘기를 보았으니까. 하지만 비둘기라면 왜 떨어졌던 곳으로 다시 날아가지 못하지? 다친 건가? 비둘기인 것 같다는 결론에 도달했지만 그다음에 어떻게 해야 할지는 알수가 없었어. 벽난로를 막고 있는 가림판을 치워야 했는데,

우리 집도 아닌데 함부로 손을 대면 안 될 것 같았고 무엇보다 그것을 치우면 그 안에서 무엇이 튀어나올지 두려웠거든. 새가 아니라 쥐라면? 그 안에 바퀴벌레 같은 것들이 우글우글 있다면? 우리는 결국 방에서 자는 것을 포기하고 거실로 나와 방문을 닫았어. 문을 닫았는데도 소리는 여전히 들려왔지. 소파에 불편하게 기대어 잠을 청했지만 잠이 통 오지 않더라고."

우리는 홀린 듯 점점 더 주미의 이야기에 몰입해갔다.

"그래서 어떻게 됐어?" 다혜가 이야기를 재촉했다.

"만약 그 일이 독일에 도착한 첫날 일어났다면 주저 않고 다른 숙소를 알아봤을 거야." 주미는 빈 술잔을 손끝으로 건드리며 말했다. 하다못해 누군가에게 연락해도 예의에 어긋나지 않을 시간대가 되기만을 기다렸다가 집주인에게 전화를 걸었을 때, 그가 대수롭지 않은 일처럼 그들이 외출하고 돌아올 때까지는 모든 일을 해결해놓겠다고 장담하지 않더라면 숙소를 바꿨을 거라고.

소동이 일어난 그다음 날, 주미가 인근 도시에 사는 또 다른 옛 친구의 집에 모처럼 저녁 식사 초대를 받아 남편과 함께 갔다가 숙소로 돌아온 건 10시가 넘은 시각이었다. 남편이 샤워를 하러 화장실로 들어간 사이, 너무 피곤했던 주미는 잠시 침대에 누워 있을 요량으로 방에 들어섰다. 그때,

또다시 소리가 들려왔다. 화들짝 놀란 새가 푸드덕거리는 소리. 주미는 놀라 황급히 방 밖으로 나가 문을 닫았다.

──아직도 있어!

거의 울먹이는 듯한 음성으로 소리를 질렀다. 주미가 소리를 지른 탓인지 비둘기가 더 날뛰듯 날갯짓을 해댔다.

──뭐가?

남편이 화장실 안쪽에서 주미를 향해 큰 소리로 되물었다.

──비둘기!

"아니, 집주인이 해결을 안 해준 거야?" 내가 물었다.

"응, 나중에 알고 보니 관리인은 집주인이 돌아오기 전에만 해결하면 되는 걸로 잘못 이해했더라고."

"세상에." 소희가 말했다.

결론부터 말하자면 그들은 비둘기와 함께 하룻밤을 더 보내게 되었다. 다른 숙소를 찾기엔 이미 늦은 시간이기도 했고, 너무 피곤한 탓에 다시 나갈 엄두가 나지 않았던 것이다. 하지만 새가 퍼덕대는 데에서 잠을 자는 건 불가능했으므로 그들은 방 안에서 자는 것을 포기하고 거실로 나왔다.

"술에 취하면 비둘기 소리가 들려도 잠을 잘 수 있을 줄 알았거든. 그래서 오늘처럼 술을 마시기로 한 거야. 하지만 우리는 몰랐던 거지. 그 비둘기가 얼마나 필사적으로 탈출을 시도할지는.”

주미는 비둘기가 탈출을 시도하며 밤새도록 요란한 소리로 날갯짓을 했는데, 아무리 외면하고 싶어도 그 소리 때문에 그들이 컴컴한 벽난로 속에 영문을 모른 채 갇혀 있는 비둘기와 같은 공간에 있다는 사실을 망각하기란 불가능했다고 말했다. 비둘기의 날갯짓 소리를 들을 때마다 다칠수도 있는데 어떻게든 날아가려 포기하지 않고 안간힘을 쓰는 비둘기를 상상하는 일이 얼마나 고통스러웠는지 모른다고.

“그러다 잠시라도 아무 소리가 들리지 않으면, 비둘기가 심하게 다쳤거나 끝내 죽어버린 걸까 봐 너무 초조하고 불안해졌어.” 주미가 말했다.

“뭐가 나오든 말든 그냥 벽난로의 가림판을 치워볼 순 없었어?” 다혜가 물었다.

“해봤지. 나중엔 둘 다 미칠 지경이 되어서. 우리가 들어내려고 가림판을 잡아 흔들면 새는 더욱 맹렬히 날갯짓을 했어. 그런데 도구가 없으면 열 수가 없더라고.”

“아, 정말 끔찍한 이야기다. 그런 소리를 밤새 들었다니 얼마나 괴로웠을까. 비둘기도 너무 불쌍해.” 소희가 말했다.

“그 후로 오랫동안 새 날갯짓 소리를 들으면 그날이 생각났어.” 주미가 말했다. “그러면 아무것도 할 수 없는 무력감과 공포가 떠올라 견딜 수가 없었고.”

우리가 술자리를 대충 정리하고 잠자리에 든 건 새벽 2시
즈음이었다. 다혜와 소희가 한 방을, 나와 주미가 다른 방을
나눠 쓰게 되었는데, 피곤해서 그랬는지 나는 금세 잠들어
버렸다. 하지만 잠자리가 바뀐 탓인지 술기운 탓인지 얼마
안 가 악몽에 시달리다 잠에서 깼고, 그 후로는 아무리 뒤
척여도 영 잠이 오지 않았다. 하는 수 없이 나는 조심스럽게
방문을 열고 거실로 나갔다. 커튼이 젖혀진 거실 창 너머로
더 이상 워터 파크도 숲도 보이지 않았다. 악몽 때문이었겠
지만 벽처럼 견고한 어둠을 보고 있으려니 최근 익숙해진
무력감이 나를 다시 짓누르려는 것이 느껴지고 갑자기 가
슴이 너무 답답해졌다. 그래서 술도 깰 겸 나는 바깥으로 나
가기로 했다. 운이 좋으면 동트는 걸 볼 수 있을지도 모르는
시간대였다.

나는 로비 바로 앞에 있는 분수대 광장을 향해 걸었다. 해
도 뜨지 않은 새벽이었으므로 카페가 열었을 리 만무했고,
파라솔이 마련되어 있는 분수대 옆 야외 테이블에 앉아 있
을 생각이었다. 낮에 햇빛을 받으며 솟았다 부서져 내리던
분수는 당연히 작동이 멈춰 있었고 해 질 녘 즈음 반짝이고
있던 꼬마전구도 생기를 잃어 있었다. 나는 플라스틱 의자
를 하나 빼서 앉은 뒤 주위를 살폈다. 빛을 반사하며 시끄럽

던 나무들은 침묵하고 있었고 청설모들 역시 어둠 속에 숨었는지 보이지 않았다.

"잠이 안 와?"

언제 깼는지 주미가 조심스럽게 걸어오며 조그만 목소리로 말을 건 것은 내가 의자에 앉아 30분 정도 바람을 쐬고 있을 때였다.

"응, 나 여기 있는 건 어떻게 알았어?"

"위에서 보니 누가 앉아 있는데 너일 것 같아서. 뭐 하고 있는 거야?"

"동트는 걸 보려고."

"좋은 생각이다."

주미가 내 옆에 있는 의자를 끌어 빼더니, 그 위를 손으로 두 번 툭툭 털고 앉았다. 어둠 속에서 친구의 숨소리가 전에 없이 아주 가깝게 느껴졌다. 그리고 동시에 우리가 이만큼이나 가깝게 앉아 있었다는 사실을 그리워할 날이 올 거라는, 이 순간으로 되돌아오고 싶지만 절대로 그러지 못하는 것을 안타까워할 날이 오리라는 예감이 들었다.

"너 그 새벽에도 자다가 빠져나갔잖아. P선배랑 둘이서 몰래 나간 거지? 뭐 했어?"

우리를 안개처럼 감싸고 있던 침묵을 깬 건 주미였다.

나는 처음에는 주미가 어떤 새벽에 대해 말하는 것인지

알 수 없었지만 이내 '그 새벽'이 언제를 의미하는지 이해했고, 조그맣게 웃었다.

"뭐 했겠냐."

주미가 말하는 그 새벽이란 장판에 불이 붙어 혼비백산했던 그날에서 다음 날로 이어지는 새벽이었다. 이제 막 연인이 된 P가 동트는 걸 보러 가자고 깨워 우리는 술에 취해 곯아떨어진 아이들을 밟지 않으려 조심하며 숙소를 빠져나갔다. 20여 년 전 그 새벽하늘처럼, 해가 뜨려는지 하늘의 먹빛은 이미 꽤 연해져 있었다. 신비로운 음영의 구름이 아주 천천히 이동하는 것 외엔 세상이 정지된 듯 고요한 풍경을 보는데, 우리가 그날로부터 얼마나 멀리 왔는가 하는 생각이 들었다. 죽음이 코앞까지 왔다 갔다는 것을 까맣게 잊은 채 서로의 몸을 탐하고 싶기만 했던 긴급한 열망, 자기에 대한 몰두, 두려움을 모르던 충동. 그 당시 우리가 지녔던 삶을 향한 탄성彈性은 얼마나 경이로웠나.

보이지는 않았지만 멀리서 차가 어디론가 가는 소리가 들렸다. 이렇게 이른 새벽부터 어디에 가는 걸까? 어쩐지 썰렁한 느낌이 들어 의자 위에 발을 올린 뒤, 세운 두 무릎을 두 팔로 감싸 안았다. 차소리가 멀어진 후에는 나무가 바람에 이따금 흔들리는 소리 말고는 다시 아무것도 들리지 않았다. 나는 아직은 회색 덩어리에 불과한 나무들을 보면서

간밤의 꿈속에서 들은 날갯짓 소리를 떠올렸다. 자기 전에 들은 이야기 때문인지 나는 아무것도 보이지 않는 완벽한 어둠 속에서 점점 커지는 날갯짓 소리를 듣고 있었는데, 처음엔 비둘기를 구해주고 싶어서 마음이 절망적일 만큼 초조했지만 깰 때쯤엔 이상하게도 갇혀서 구해지길 기다리는 게 나였던 것처럼 슬프고 무서워졌다.

"그런데 그거 결국 비둘기였어? 그 사건이 어떻게 끝났는지 궁금했는데 아까 타이밍을 놓쳐서 못 물어봤어."

각자의 생각에 잠겨 아무 말 없이 앉아 있던 중 이번에는 내가 침묵을 깼다.

"궁금해?"

"응."

"사실은 그게 그 소동에서 가장 기이한 부분이거든. 그걸 말하려고 아까 이야기를 시작했는데, 화제가 바뀌는 바람에 끝까지 말하지 못했어."

"뭐가 있었는데?"

"이틀 밤을 그렇게 보낸 다음 날 결국 관리인이 왔거든? 그래서 문제의 가림판을 치웠는데, 그 안에서 뭐가 나왔냐면……"

"비둘기가 아니었어?"

"아무것도 없었어."

"아무것도 없었다고?"

이제 사위는 그렇게 말하는 주미의 눈에 약간의 생기가 도는 걸 볼 수 있을 만큼은 환해져 있었다.

"응, 아무것도. 관리인은 우리에게 쥐소리를 잘못 들은 건 아니냐고 했어. 쥐구멍처럼 보이는 것은 있다고. 하지만 날갯짓 소리를 어떻게 쥐가 내는 소리랑 착각할 수 있겠어? 우리가 취해서 환청을 들은 걸까? 아니라면 떨어진 구멍을 마침내 찾아 비둘기가 날아갔다는 걸 텐데, 이틀 동안 빠져나갈 길을 발견하지 못해 그렇게 날갯짓을 해대던 비둘기가 출구를 찾을 수 있을 가능성에 대해서 관리인은 회의적이었어. 심지어 깃털 하나 떨어져 있는 것이 없었고."

"대체 어떻게 그런 일이 있을 수 있을까?"

"나는 오랫동안 그냥 쥐였을 거라고 생각했어. 쥐구멍이 있다고 했으니까. 우리가 틀림없이 잘못 들은 걸 거라고. 아니면 잠시 미쳐 있었거나. 그때 우리 상태가 정상은 아니었잖아."

해가 구름 뒤에서 이미 떠버린 것인지, 어느새 하늘은 연푸른색을 띠더니 저 멀리 산 너머에서부터 주홍색을 거쳐 연노란색과 연분홍색으로 천천히 물들어가고 있었다.

"그런데 몇 달 전 그 집을 빌려줬던 친구로부터 연락이 왔거든."

천천히 변해가는 하늘을 그저 바라보고 있는데, 잠시 후 주미가 다시 이야기를 하기 시작했다. 마치 중요한 에필로그를 누락했으니 들려줘야만 한다는 듯이.

주미는 집주인이 그사이 베를린으로 이사를 했고, 그곳에서 커다란 개 한 마리와 살고 있다고 말했다.

"그 친구의 근황에 대해서 말하는 건, 그 애가 내게 아주 오랜만에 연락을 해 온 것이 그 비둘기 사건에 대한 미스터리를 풀어주기 위해서였기 때문이야."

── 미스터리가 풀렸어. 얼마 전 새로 이사한 집 벽난로에서 너희가 말한 것 같은 날갯짓 소리가 나 열어봤는데 비둘기가 있었어. 우리가 벽난로를 막은 가림판을 치우자 비둘기 한 마리가 날아올랐지. 집에 벼룩과 세균과 똥을 떨어뜨릴까 두려워 얼른 창문을 열었어. 새는 방 안을 한 번 크게 원을 그리며 날더니 창으로 빠져나갔고. 그러니, 우리 집에 머물렀을 때 너희와 함께 있었던 건 틀림없이 비둘기였을 거야.

그 지인의 메시지를 받은 후 고민 끝에 답장을 보냈다고 주미는 말했다.

── 그러면 내가 너희 집에 묵었던 여름에는 가림판을 치웠을 때 벽난로 안에 비둘기가 왜 없었을까? 탈출할 길을 찾아 이미 다시 날아간 걸까?

잠시 후 지인으로부터 답이 왔다.

— 그건 여전히 미스터리네.

"그건 대체 정말 뭐였을까? 이틀 동안 출구를 찾지 못하던 비둘기가 하필 우리가 가림판을 치우기 직전에 벽난로에서 빠져나가다니. 너는 그런 말도 안 되는 일이 일어날 수 있다고 생각해?"

주미는 혼잣말하듯 낮은 목소리로 내게 물었다. 나는 자기가 어디에, 왜 갇혀 있는지도 모른 채 어떻게든 날아가보려고 포기하지 않고 안간힘을 쓰는 비둘기를 상상했다. 그리고 잠시라도 아무 소리가 들리지 않으면 무서운 생각만 나서 비둘기가 조용해지길 차마 바랄 수도 없는 밤을 보냈다는, 이제 막 네 살이 된 어린 딸을 느닷없이 잃었던 내 친구와 그의 남편의 마음을.

어디선가 바람이 불어와 갓 자른 풀 냄새가 났다. 여름의 나무들이 기지개를 켜는 소리가 들렸다. 곧 돌아갈 시간이구나, 나는 생각했다.

"나는 비둘기였을 수도 있다고 생각해."

주미가 침묵을 깨고 내게 그렇게 말한 것은 한참의 시간이 흐르고 풍경이 잃었던 색깔을 되찾는 것을 보며 일출을 보지 못해 좀 아쉽다는 생각을 할 때였다. 예전엔 그런 가능성에 대해 누군가가 말하면 코웃음을 쳤겠지만, 그 비둘기가 이틀간의 몸부림 끝에 자기가 떨어진 그 좁은 통로로 탈출에 성공하는 말도 안 되는 일이 일어났을 수도 있다는 걸이제는 믿는다고. 그 비둘기가 여러 시도 끝에 정말로 날아갔을 수도 있다고.

"상처 하나 없이, 기적처럼?"

"상처 하나 없이, 기적처럼."

그러고 나서 주미는 우리가 알 수 없는 것에 대해 최악을 상상하며 얼마나 쓸데없이 인생을 낭비하며 살고 있는지마침내 깨달았다고 덧붙였다. 어떤 얼굴로 다가올지 짐작할 수조차 없는 미래와 끝에 대해서 대비할 능력이 마치 우리에게 있는 것처럼 헛되게 믿으면서. 그렇게 말한 후 우리는 주미의 이제 일곱 살이 된 아이가 얼마나 사랑스러운지, 한없이 잔혹한 인생이 얼마나 변덕스러운 방식으로 우리에게 또다시 기쁨을 줄 수 있는지에 대해 조금 더 말했다. 이미 다 환해졌다고 생각한 연노란색 하늘과 부드러운 윤곽을 지닌 산등성이가 맞닿은 부분을 따라 아주 가느다란 선이 생기고 그것을 우리가 발견할 때까지.

조금 전 주미가 그것을 발견했고 내 어깨를 쳐 나는 이제주미가 가리키는 손끝을 본다. 누군가가 금을 그은 듯 얇디얇았던 황금색 선이 놀랍게도 점점 두꺼워지는 것을. 천천히, 장엄하게. 대체 누가 이런 빛을 만드는 걸까. 그것에 대해서라면 우리는 아무것도 모른다. 하지만 아주 잠깐 동안 경외감이 어린 눈으로 그 빛이 번져가는 광경을 바라볼 수는 있고, 그래서 우리는 그렇게 했다.

잘 적응된 허무

박혜진

(문학평론가)

1. 별일 없이 산다는 말

헤드폰을 쓰고 의자에 앉아 있는 한 사람이 있다. 헤드폰에서 흘러나와 그의 귓속으로 들어가는 음악은 명상적 분위기를 자아낼 만큼 차분하고 여유롭다. 『봄밤의 모든 것』에서 변주되는 인물들처럼 그는 대체로 별일 없이 산다. 남들에게는 물론 자기 자신에게조차 어떤 불편도 끼치지 않을 만큼 '무해한' 일상. 그는 좋아 보인다. 안정되고 평화로워 보인다. 그런데 자세히 들여다본 풍경이 사뭇 기이하다. 정갈한 음악이 흘러나오는 장면과는 이질적이게 그가 속한 배경은 차갑고 이지러져 있다. 고요하고 단정한 소설을 읽으며 내가 받은 느낌은 어울리지 않게도 기이함이다.

　강철은 순수할수록 단단해진다. 단단한 강철을 제련하기 위해서는 불순물을 제거해야 한다는 것이 일반적인 상식이다. 하지만 너무 순수하면 깨지기도 쉽다. 좋은 검을 만들기 위해 일부러 불순물을 넣는 이유도 여기에 있다. 연철(煉鐵)이나 경강(硬鋼) 등을 가운데나 가장자리에 넣으면 그것들이 함께 섞이며 좋은 검이 만들어진다. 알맞은 곳에 적절하게 들어간 불순물이 강철의 질을 높여주기 때문이다. 인생에 대해서도 마찬가지로 말할 수 있다. 불순물이 없는 삶은 순수하고 단단한 삶일 수 있지만 깨지기 쉽다. 단번에 깨지지 않는 인생을 살기 위해서는 불순물이 필요하다. 적재적소에 배치된 불순물은 인생의 질을 높여준다.

　너무 조용하고 평화로운 일상은 불순물이 제거된 삶의 한 양태일 수 있다. 허전함과 쓸쓸함의 이면일 수 있고, 허무의 가면일 수도 있다. 허무는 텅 빈 마음의 공터, 기대가 자랄 수 없는 말라버린 땅, 바라는 것을 이루기 위해 움직이는 과정이 아니라 충분히 이루었다고 생각되는 반환점 이후부터 침입해오는 인생 뒷면의 감정이다. 이게 전부인 걸까. 더는 없는 걸까. 원하는 곳에서 원하는 모습으로 살고 있을 때 허무라는 불청객이 찾아올 수 있다. 허무가 무기력에 앞서 동반하는 것은 캄캄한 상실감이다. 의미를 나눌 수 있는 대상이 사라질 때, 조용하고 평화로운 길목이야말로 허무를 위해 마련된 지름길이다.

허무는 다루기 어려운 감정이다. 다루기 전에 알아차리기 힘든 감정이기도 하다. 행복과 잘 구분되지 않는 그것은 고요와 평화, 만족과 일상이란 이름으로 우리를 속인다. 통증의 무게에 비해 허무에 쉽게 적응하고 길들여지는 것도 그것이 잘 인식되지 않는 비극이기 때문이다. 허무에 잘 적응된 사람은 할 말이 없어진다. 쓰고 싶은 것도, 바라는 것도 없는 상태가 된다. 누군가에게 속내를 털어놓는 건 엄두도 못 낼 일이다. 혼자 '해결'하는 데 익숙해져 있기 때문이다. 그것이 해결이기만 하다면 아무런 문제도 없을 것이나 안타깝게도 그것은 해결이 아니다. 분명 아무 일도 없는데, 심지어 모든 것이 괜찮은데, 도통 좋은 것이 없다. 그러다 평화로운 겉모습과 공허한 속마음이 충돌하는 순간이 온다. 그 순간 돌출되는 어긋남은 안정된 허무 속에서 목격되는 기이함의 정체다. 백수린의 소설은 별일 없이 산다는 말의 장막을 살며시 들춘다. 그런 뒤 사소해 보이지만 결국엔 중요해지고마는 결핍들과 가만히 눈 맞춘다.

2. 쓰고 싶은 게 없다는 말

「아주 환한 날들」은 혼자 사는 칠십대 여성이 앵무새와 같이 지내는 두 달 동안 겪는 내면의 변화를 그린 작품이다. 그녀는 평생교육원에서 수필 쓰기 수업을 듣고 있다. 수업을 듣는다고는 하지만 여느 수강생들과 달리 아직 한 편의 글도 쓰지 못한 처지다. "오늘도 아무것도 안 쓰셨네요"(p. 10). 강사의 말에 '쓸 말이 떠오르지 않는다'고 답하는 그녀는 사실 글에 별 관심이 없다. 그녀가 글쓰기 수업에 참여하는 건 순전히 이 수업이 수요일 오후 3시에 개설됐기 때문이다. 수요일 오후 3시에 수업을 듣는 건 그녀의 루틴이다. 글쓰기가 아니라 낚시 수업이 열렸다 해도 신청했을 것이다.

그녀가 쓰고 싶은 게 하나도 없는 데에는 그럴 만한 이유가 있다. 이례적인 사건이 끼어들 틈이 없을 만큼 계획적인 삶을 운용 중이기 때문이다. 남편을 먼저 보냈고 자식은 결혼해 가정을 이루어 산 지 오래. 고요하고 평화로운 생활 속에서 그녀는 촘촘하게 설계해놓은 일과들을 성실하게 수행하며 예상 가능하고 평온한 일상을 지켜나간다. 이따금 혼자 사는 그녀를 안쓰러운 시선으로 바라보는 사람들도 있는 것 같지만 모르는 소리다. "누군가를 뒤치다꺼리하거나 누군가로부터 귀찮은 잔소리를 들을 필요가 없"는 지금이야말로 평생 고되기만 했던 그녀의 삶에 "마침내 찾아온 평화"(p. 13)인 것을. 그녀는 이 생활에 아무런 불만도 없다. 불만이라니, 그녀는 드디어 행복하다.

평화를 깬 건 앵무새의 등장이다. 반려동물을 원하는 손주를 위해 딸과 사위가 대안 삼아 선택한 식구라는데, 막상 들이고 보니 아이들이 무서워해 같이 살기가 곤란하게 됐다는 것이다. 키울 준비가 될 때까지 우선 한 달만 맡아달라는 부탁 아닌 부탁. 아이들을 앞세운 요청을 거절하지 못한 것이 지금 그녀가 앵무새와 동거하게 된 배경이다. 때아닌 침입자가 반가울 리 없는 여자는 처음엔 무심한 태도로 일관하지만 점차 앵무새가 귀엽고 사랑스러워진다. 그보다 더 의외인 건 앵무새에 대한 애정이 생길수록 옛날 생각들이 떠오른다는 것이다. 자신에게 등을 돌린 딸과의 문제, 백부네 식구들과 같이 살았던 어린 시절, 그 시절 처음으로 사랑을 느꼈던 옆집 춘식이 삼촌에 대한 추억까지. 앵무새와 천변을 따라 걷다 보면 잊고 살던 옛 기억이 속속 그녀를 찾아왔다. 별 쓸모도 없는 주제에 괜히 마음만 부산하게 만드는 딴생각들, 구석으로 밀어 넣고 부러 잊었던 삶의 불순물들.

약속했던 시간보다 한 달이 더 흘렀을 때 사위가 앵무새를 데려간다. 그 후로 그녀에게는 '작은' 변화가 생긴다. 쓰고 싶은 글 따위 없던 그녀가 식탁에 앉아 무엇인가 끄적이기 시작한 것이다. 처음에 그녀는 "앵무새"라고 쓴다. 그다음엔 "앵무새가 가버렸다"(p. 35)라고 쓴다. 그러자 마음이 고통스러워지고 가슴이 아파 눈을 뜨고 있을 수 없는 상태가 된다. 앵무새는 삶에 더 바라는 게 없는 지금에 만족한다던 여자의 생각이 성급한 결론이었거나 섣부른 착각, 혹은 위장된 두려움이었음을 일깨우는 존재다. 그녀는 조용하고 평화로운 삶 이면의 권태롭고 쓸쓸한 삶을 외면한 것이다. 앵무새의 등장으로 비어 있던 공간이 채워진 뒤, 그녀는 비로소 그 자리가 내내 비어 있던 허무의 공간이었음을 알게 된다. 쓰고 싶은 게 없었던 것이 아니라 쓰고 싶은 게 없는 상태에 적응된 것이었을 뿐이다.

앵무새가 떠난 후 여자는 삶의 다른 길목에 서게 될 것이다. 현재로 넘쳐 온 과거의 기억들을 대면하고 살까. 지금까지 그래왔던 것처럼 마음의 서랍 속에 넣어두고 잊어버린 채 살까. 인생이 그렇듯 소설에도 답이 없다. 답은 알 수 없지만, 다시 사랑한 대가로 다시 상실의 아픔을 겪고 있는 그녀, 옥미가 아무것도 일어나지 않는 삶에 쉽게 만족하지 않았으면 좋겠다. 허무에 적응하기 위해 최적화된 스케줄을 칼같이 지키며 성실하게 살고 있으면서도 정작 인생에 대해 하고 싶은 말은 한마디도 떠오르지 않는 하루보다는, 식탁 위에 멍하니 앉아 이런저런 잡념 속에서 서술어를 고치며 눈물 흘리는 하루가 더 '사랑'에 가까운 날이기 때문이다. 그것은 결코 '작은' 차이가 아니다.

3. 그때는 몰랐던 말

허무는 현재를 간과한다. 특별하지 않은 현재 속에서 지금 이 순간은 점점 더 멀어지고 희미해져간다. 「빛이 다가올 때」와 「봄밤의 우리」는 살면서 놓쳤던 순간들을 다시 방문해 그땐 몰랐고 지금은 알게 된 진실을 반추한다. 「빛이 다가올 때」에서 '나'는 "연애를 해본 적도, 술에 취해 필름이 끊겨본 적도, 데모를 해본 적도 없"(p. 49)는 사촌 언니의 '러브 스토리 인 뉴욕'을 회상한다. 큰이모의 딸인 인주 언니는 시력을 잃어가던 이모의 눈이 되느라 자신의 삶도 제 엄마의 시선으로 살았더랬다. 이모가 세상을 떠나기 전까지 미리 포기하고 억누르며 사는 게 익숙했던 언니가 뉴욕에서 '나'와 같이 보낸 시간은 언니의 일생에서 가장 예외적인 순간이었을 것이다. 그때 언니는 오직 그 순간의 자신만을 위해 웃고 울었다.

서른세 살, 간호사가 되기 위해 떠나온 뉴욕 생활이 반년

쯤 됐을 때 '나'는 언니의 연락을 받는다. 연구년을 맞아 뉴욕의 한 대학 동아시아연구소에 교환교수로 와 있다는 것이었다. 영어가 서툴렀던 언니는 미국에서의 의사소통 대부분을 '나'에게 의지했지만 둘이서 자주 가던 카페 아르바이트생과의 소통만큼은 직접, 그것도 적극적으로 나섰다. 자신보다 스무 살 어린 미국인 남성을 향한 관심이란 응답받지 못할, 결국에는 스스로 취소하고 말 부끄러운 감정이 되기 십상이라는 걸 언니가 몰랐을 리 없다. 그럼에도 언니는 자신의 감정을 숨기기보단 드러내는 편을 선택했다. 당시엔 그저 이상하게 보였던 그 행동들이 이제 와 돌이켜보니 "황홀한 감정"(p. 71)이었다고 회상하는 까닭은, 어느새 '나'도 그런 열정에서 멀어진 채 빛바랜 삶을 살고 있기 때문일 것이다. 무수히 놓쳐버린 현재가 자꾸 발길을 붙잡기 때문일 것이다.

「봄밤의 우리」에 등장하는 그녀도 타인의 삶을 통해 현재의 의미를 다시 배운다. 유타는 15년 전 파리의 한 대학 석사과정 중 만난 일본인 남학생이다. 그녀보다 열두 살 많던 유타는 그 시절 이미 서른여덟 살의 나이였지만 미래에 대한 계획이라고는 전무해 보이는 조금 특이한 사람이었다. 보통의 유학생들이 갖고 있을 법한 시간 개념이 희박했던 그에겐 얼른 공부를 마친 뒤 귀국해 자리를 잡아야 한다는 목표 같은 게 없었다. 다만 그런 유타도 확신에 차서 말하는 인생의 가치가 있었는데, 자신을 위해 헌신하고 있는 할머니가 홀로 생활하는 게 힘들어지면 오직 할머니를 위해 살겠다는 의지가 그것이었다. 그간 공부한 게 아깝다는 생각은커녕 그렇게라도 할 수 있다는 게 다행이라는 유타를 그녀는 이해하지 못한다.

수년이 흘러 페이스북을 통해 두 사람이 재회했을 때, 늙은 개를 보내며 상실감에 빠져 있던 그녀는 할머니를 잃은 유타의 마음에 한층 가까워진다. 그녀는 유타의 사랑이 무엇이었는지 깨닫는다. 허무는 삶을 빛바랜 앨범으로 만든다. 빛바랜 앨범에서 현재는 과거의 결과이자 미래의 조건으로만 간신히 의미를 부여받는다. 유타의 사랑은 언제나 현재형이다. 유타의 시간은 다르게 흘렀다. 그는 미래를 준비한다는 현실적인 차원에서 시간 개념이 없는 사람이었을 뿐만 아니라 프랑스어를 할 때도 유독 시제에서 어려움을 겪었다. 회화를 못하는 바람에 사람들 눈에는 프랑스어 실력이 형편없어 보였지만 사실 그녀보다 월등히 실력이 좋았던 유타는 유독 시제 사용에서만 엉망이었다. 그의 이상한 시제를 다시 그리고 다르게 만난 건 할머니가 돌아가신 뒤 추억담을 이야기할 때다. 유타는 "섣달그믐날 할머니의 집에 가면 맡을 수 있던 달콤한 밤조림 냄새"나 "여름 축제에서 할머니의 손을 잡고"(p. 100) 봤던 커다란 불꽃에 대한 이야기를 현재형의 동사로 이야기한다.

미래는 끌어오지 않고 과거는 흘려보내지 않는 유타는 시간의 문법을 거슬러 사랑한다. 답답한 모범생처럼 입력과 출력을 중심에 두고 살아가던 그녀는 그제야 유타의 사랑 속에서 알게 된다. 사랑한다는 것은 그 순간에 모든 것이 다 있음을 깨닫는 것임을. 그 시절엔 알지 못했던 사랑의 의미가 지금 절실하게 이해되는 것은 그사이 '나'를 지나간 상실의 고통 때문일 것이다. 개를 잃고 '나'는 상실의 고통 속에서도 달은 왜 이토록 아름다울 수 있는지를 절박하게 묻는다. 슬픔과 아름다움은 사랑의 양면이다. 사랑이 슬프고도 아름다운 것은 슬픔과 아름다움이 서로 다르지 않기 때문이다. 사랑 뒤에 슬픔이, 슬픔 뒤에 아름다움이 오는 것이 아니라 사랑과 슬픔과 아름다움은 동시에 존재한다. 과거 뒤에 현재가, 그 위에 미래가 오는 것이 아니라 세 시제는 동시에. 사랑은 그 동시성과 현재성을 믿는 행위다.

4. 믿지 않았던 말

허무는 나아질 것이 없다는 마음으로 미래를 예단하는

데에서 더 강해진다. 미리 절망하고 체념하면 허무에 압도될 수 있다. 회복될 수 있다는 걸 믿지 않으면 허무에 잠식될 수 있다. 이미 오랜 시간 동안 틀어져버린 관계가 있다. 둘 사이에 서로에 대한 변화와 기대의 다리를 놓기보다는 단절의 벽을 놓고 제각기 살아가는 것을 택하는 것이 대부분의 사람들이 택하는 현실적인 방편일 것이다. 어쩌면 현명한 방법일 수도 있다. 알 수 없는 회복을 위해 괜한 상처를 더하기보다 이 정도 거리를 유지하며, 이마저도 평화의 일부라고 타협하며 합리화하는 것은 적어도 최악을 피하는 방법처럼 보인다. 거기엔 얼마간의 진실도 있다. 「흰 눈과 개」는 서로 대화하지 않고 산 지 8년이 된 부녀가 같은 장면을 바라보며 같은 마음을 갖기까지 보낸 며칠간의 여행기다.

8년 전 영국인과 결혼한 후 스위스 제네바에 정착해 살고 있는 딸이 어느 날 부부를 스위스로 초대한다. 항상 아내에게만 전화할 뿐 자신에게는 연락 한번 해 온 일 없던 딸이 웬일로 용기를 낸 것이다. "한 번쯤 아버지도 제가 사는 모습을 보러 오셔도 좋잖아요"(p. 110). 여행을 기획한 딸의 의도야 짐작하기 어렵지 않다. 딸은 결혼을 반대했던 아버지에게 자신이 얼마나 잘 살고 있는지 보여주고 싶은 것이다. 물론 아버지는 자신의 반대가 틀렸다는 것을 인정하고 싶지 않겠지만. 부부는 딸이 예약해둔 리조트에서 딸의 가족과 머문다. 그러나 알프스에서 스파를 즐길 수 있는 장소에서라고 해서 급격히 화해 무드가 조성될 리는 없다.

멀리까지 와서도 데면데면하던 두 사람이 함께 산책을 나선 건 여행을 시작하고서도 며칠 후의 일이다. 그러나 산책은 서로에 대한 이해가 아니라 서로를 향한 비난을 확인하는 것으로 끝난다. 사실 두 사람 사이 갈등의 골은 이미 깊어질 대로 깊어진 상태다. 애지중지하며 키운 딸이 마다가스카르 출신 입양아와 결혼하겠다고 했을 때 남자는 반대했더랬다. 딸이 자신과의 관계를 회복하려고 노력하기는 커녕 반대를 무릅쓰고 결혼을 강행한 뒤 스위스로 떠나버렸을 때는 분노했고, 기어이 "아빠는 위선자"(p. 119)라는 말을 남기고 사라져버렸을 땐 걷잡을 수 없는 배신감에 사로잡혔다. 산책에서의 다툼 이후 좀처럼 가족들과 어울리지 못하던 남자는 혼자 산책을 하기 시작한다. 그러다 매일 같은 시간, 개와 함께 산책 나오는 부부의 모습에 시선을 빼앗긴다. 남자는 그들의 모습을 보여주고 싶은 마음에 딸에게 산책을 제안한다. 그리고 두번째 산책에서 두 사람은 어딘가 회복된다. 그들이 예측하지 못했던 변화다.

부녀가 함께 그 광경을 바라보는 장면은 용서라는 말 한마디 없이 둘을 화해시킨다. 그들이 바라본 것은 다리가 세

개인 검은 개가 신이 난 듯 정신없이 뛰어다니다 눈밭 위를 뒹구는 장면이다. 그들 앞에 있는 검은 개는 "온몸으로 뛰어오르는 생명력"을 남김 없이 분출하고 있었다. 개는, "어떤 끔찍한 일이 있었지만 그것은 이제 다 아물었으므로 괜찮다는 듯 남아 있는 세 다리로 그렇게 꼬리를 흔들며 눈밭을 뒹굴었다"(p. 141). 딸은 남자가 저기 좀 보라고 말하기 이전에 벌써 그들의 장면을 본다. 그러고는 아빠에게도 보라고 손짓한다. 두 사람이 똑같이 봤던 건 뭘까.

지난 시간을 되돌릴 수는 없다. 서로를 할퀴었던 상처도 사라지지 않는다. 개의 다리가 보여주듯 상처가 없었던 지난 시간은 결코 다시 돌아오지 않는다. 두 사람이 그 개의 활기를 보고 환해졌던 것은, 되돌아가지 않아도 괜찮아질 수 있게 하는 사랑의 힘을 봤기 때문이다. 회복이란 이전의 상태로 돌아가는 과거 지향이 아니라 상처를 안고 새로운 상태로 나아가는 현재 지향이다. 검은 개의 셋뿐인 다리는 매일같이 함께 산책하는 부부의 사랑 속에서 더 튼튼해졌을 것이다. 세 개의 다리는 없는 한 개의 다리를 보여주는 빈자리가 아니라 보이지 않는 사랑을 증명하는 충만한 자리다.

5. 믿고 싶었던 말

「호우」「눈이 내리네」「그것은 무엇이었을까?」는 대학교의 유적 답사 동아리 회원이었던 세 친구가 각각 주인공으로 등장하는 세 편의 연작소설이다. 이제 사십대 후반에 접어든 이들에게서는 이십대의 그들이 마음껏 낭비했던 청신하고 자신감 넘치는 빛이 나오지 않는다. 삶의 모퉁이에 부딪힐 때마다 깎이고 잘려 나간 탓에 그들의 빛은 희붐하고 간헐적이다. 그러나 세 편의 이야기에서는 그렇게 살아남은 희미한 빛들이 모여 서로의 어둠을 밝히는 조명탄으로 거듭난다. 틈틈이 돌보며 간직해온 빛의 조각들. 그 빛들로 서로의 어둠에 불꽃을 쏘아주는 것이 이들 삶의 불꽃 축제다.

「호우」는 소희의 빛에 관한 이야기다. 주변 사람들로부터 "참 감성적인 분"(p. 155)으로 통하는 소희는 어릴 적부터 공상에 잠겨 있는 일이 많아 종종 지적을 받아왔다. 소희 스스로도 단점이라 여기지만 사람의 성향이란 그렇게 쉽게 바뀌는 것이 아니다. 청약에 당첨돼 신축 아파트에 입주한 소희는 아파트 단지 근처, 아직 재개발이 되지 않아 옛날 동네의 모습을 그대로 간직한 주택가를 산책하다 어느 노인이 사는 집에 눈길을 준다. 소희는 공상에 잠겨 그 집의 노인이 보냈을 시간을 상상한다. "당신은 상상력이 너무 풍부해"(p. 169). 한때 글을 쓰며 사는 삶을 꿈꿨던 소희의 상상력은 폭우가 그렇듯 일상의 운행을 잠시 멈추게 하지만 역시 폭우가 그렇듯 멈춤의 감각으로 그리운 것들을 불러낸다. 소희는 누구도 진심으로 환영하지 않는 자신의 빛을 소중히 간직한다.

「눈이 내리네」는 다혜에게 반사된 이모할머니의 빛에 관한 이야기다. 대학생이 됐을 때 다혜는 이모할머니 집에 같이 살았다. 드라마를 보는 이모할머니와 달리 드라마를 직접 살고 싶던 이십대의 다혜 눈에 이모할머니의 삶이란 "단조롭고 지루하게 반복되는 노년의 일상"(p. 185)과 다름없었다. 그런 이모할머니가 달리 보였던 건 이모할머니가 뒤늦게 한글을 배운다는 걸 알게 되면서다. 시작하는 것보다는 정리하는 게 더 많을 거라 여겨지는 나이에 한글로 자기 이름을 쓰고 좋아하던 이모할머니는 수십 번도 더 봤을 첫눈을 보면서도 처음 보듯 감탄한다. 이 책 곳곳에서 계절에 대한 감각적 표현이 은하수처럼 쏟아지는 건 우연이 아니다. 계절의 발견이야말로 반복이라는 무의미에서 새로움을 찾아내는 허무의 탈출구다. 시작 앞에서 주저하지 않고 시작되는 것들에 감탄하던 이모할머니의 빛을 다혜는 오래 간직해왔다.

「그것은 무엇이었을까?」에 이르러 이들이 잃지 않은 빛이 한군데로 모인다. 소희와 다혜, 주미와 '나'는 모처럼 1박 2일 호캉스를 떠난다. 맹목적일 만큼 성실하게 살아왔지만 어느 순간부터 무기력증에 빠져 있던 '나'는 주미의 기묘한 이야기를 듣고 힘을 얻는다. 12년 전 갑작스러운 교통사고로 첫 아이를 잃은 뒤 2주간 지냈던 독일 소도시 어느 숙소에서의 일화다. 주미는 한밤 벽난로에서 들려오는 날갯짓 소리를 듣는다. 집주인이 와서 해결해줄 때까지 기다릴 뿐인 주미는 소리가 안 나면 새가 죽었을까 봐 걱정하고 소리가 나면 캄캄한 벽난로 속에 갇혀 있는 새를 위해 아무것도 할 수 있는 게 없다는 무력감과 공포에 사로잡혀 며칠 밤을 보낸다. 그런데 막상 열어본 벽난로 안은 텅 비어 있었다. 그밤의 소리는 다 무엇이었을까.

미스터리로 남은 그날의 사건이 잠정적으로 일단락된 것은 그로부터 얼마 뒤, 주인집의 연락을 받고 나서다. 그가 이사한 곳 벽난로에서 날갯짓 소리가 들려 들여다보니 그 안에 정말 비둘기가 있더라는 것이다. 그 얘기를 들은 후 주미는 더 이상 그날 밤 들었던 소리의 정체를 궁금해하지 않는다. 주미는 그것이 비둘기의 날갯짓이라고 믿는다. 그럼 왜 열었을 때 없었냐고? 벽난로에 갇혀 있던 비둘기가 "상처 하나 없이, 기적처럼"(p. 245) 날아갔으니까. 무력감에 시달리던 '나'에게 주미의 이야기는 새로운 빛이 되어준다. 소희가 상상하는 빛과 다혜가 기억하는 빛, 그리고 주미가 믿게 된 빛을 더하면 그것이 곧 희망이다. 화려하지 않은 이 빛들이 허무에 적응된 이들의 소외된 어둠을 때때로 밝힌다.

인생을 잘 아는 사람도 종종 틀리면서 산다. 때늦은 후회를 하고 남모를 용서를 구하며 삶을 수정한다. 그러나 아는 사람들의 방황은 모르는 사람의 방황에 비하면 눈에 띄지 않는다. 그들의 조용한 고통에는 '만족'이나 '안정'이란 필터가 덧씌워져 있기 때문이다. 더욱이 그 필터는 타인의 눈만이 아니라 자신의 눈마저 속인다. 백수린은 그 필터를 벗겨내고 허무에 잘 적응된 사람들이 사소한 계기로 말미암아 생의 의미를 다시 발견하는 경이로운 순간을 포착한다. 삶의 행로를 방해하는 불순물로 치부됐던 불편한 기억, 복잡한 감정, 경직된 갈등의 실타래가 풀릴 때, 백수린은 그 실들로 다시 욕망하는 법, 다시 슬퍼하는 법, 요컨대 다시 사랑하는 법을 기워 인생 뒷면에 찬란한 삶을 수놓는다. "아직 어렸던 우리를 향해 희망을 속삭이는 듯했던 그 햇빛"(p. 217)은 이제 없지만 캄캄한 벽난로에 갇혀 무력한 날갯짓을 반복하던 비둘기가 "상처 하나 없이, 기적처럼" 탈출하는 희망을 상상할 수 있는 강직한 빛이 여기 있다. 이 빛은 사라지지 않는다. 주어진 빛이 아니라 스스로 만든 빛이기 때문이다. 사라지지 않는 빛을 만드는 백수린은 한국문학의 새로운 경지다. 암흑 같은 마음을 살리는 소중한 백야다.

 오래전 썼던 소설들을 읽다 보면 일기장을 다시 읽는 것
같은 기분을 느낄 때가 있다. 허구의 이야기인 소설 안에서
벌어지는 크고 작은 사건을 내가 실제로 경험했기 때문이
아니라, 한 시절 나를 강렬히 사로잡고 있던 감정이나 질문
들이 소설을 읽는 동안 너무나도 생생하게 되살아나기 때
문이다.

 이 소설집에 실린 일곱 편의 단편은 『여름의 빌라』(문학
동네, 2020)를 출간한 직후부터 지난해 여름까지 4년에 걸
쳐 씌어졌다. 그중 가장 먼저 발표한 「흰 눈과 개」를 썼던 봄
과 소설집을 묶는 현재 사이, 내 개인의 삶에도 우리 사회에
도 너무 많은 일이 일어난 탓에, 소설을 썼을 당시의 마음이

생생하게 되살아나는 것과 별개로, 교정지를 읽는 내내 아주 가마득히 먼 과거에 쓴 소설들을 다시 읽는 듯한 기분이 들기도 했다.

지난 몇 년간 쓴 소설들에 상실 혹은 상실 이후의 풍경이 많다는 건 알고 있었지만, 눈이 내리거나 쌓여 있는 장면이 유독 많다는 것은 교정지를 읽던 중에야 깨달았다. 소설집 전체를 아우를 제목을 정하며 눈이나 겨울이 들어간 단어와 문장을 오랫동안 곱씹은 것은 그 때문이다. 하지만 결국 이 소설집의 제목은 '봄밤의 모든 것'이 되었다. 유난히 겨울의 풍경이 많은 이 소설집에 '봄'이란 단어가 들어가는 제목을 붙이며, 최근 내가 쓴 산문의 한 구절("겨울의 한복판이라도 우리는 볕을 찾는 사람이 되기로 선택할 수 있다")을 변형해 여기에 적어두고 싶다. 우리의 삶이, 이 세계가, 겨울의 한복판이라도 우리는 봄을 기다리기로 선택할 수 있다고. 봄이 온다고 믿기로 선택할 수 있다고. 그런 마음으로 이 소설들을 썼다. 소설을 쓰는 사람인 한, 계속 그런 마음으로 써나가고 싶다.

이 책이 세상에 나오기까지 이주이 편집자님 외 문학과지성사의 많은 분이 도움을 주셨다. 박혜진 평론가님, 최진영 소설가님, 이정향 감독님을 비롯해 선뜻 소설을 미리 읽어주신 일일이 호명할 수 없는 모든 분께 마음 깊이 감사드

린다. 책을 낼 때마다, 소설가로 사는 내게 변함없는 애정과 지지를 보내주는 사랑하는 사람들과 내 소설을 계속 읽고 다음 작품을 기다려주는 독자들이 있어 여기까지 올 수 있었다는 사실에 대해서 생각한다. 나는 아주 많은 것을 빚지고 사는 사람이지만, 언젠가는 내가 받은 것보다 더 많은 것을 주는 사람이 될 수 있으면 좋겠다.

어느새 네번째 소설집이다. 소설을 쓰는 일은 좀처럼 쉬워지지 않지만, 소설을 쓰는 기쁨 역시 조금도 줄어들지 않으니 참 다행스러운 일이다.

봄을 기다리며
백수린

수록 작품 발표 지면

아주 환한 날들 『릿터』 2021년 8/9월호

빛이 다가올 때 『창작과비평』 2023년 봄호

봄밤의 우리 『문학과사회』 2022년 여름호

흰 눈과 개 『현대문학』 2020년 5월호

호우豪雨 『Axt』 2023년 9/10월호

눈이 내리네 『현대문학』 2024년 1월호

그것은 무엇이었을까? 『대산문화』 2024년 가을호